dtv

Reihe Hanser

Statt wie seine Freunde die Sommerferien am Meer oder in Disneyland zu verbringen, wird der zwölfjährige Christian von seiner Patentante Ursula, einer Mathematikerin, zu einer Sommerakademie mitgenommen. Was anfangs zu den schlimmsten Befürchtungen Anlass gibt, stellt sich rasch als eine aufregende Mischung heraus. Ort des Geschehens ist ein so imposantes wie geheimnisvolles Schloss in Italien, und das Thema der Sommerschule – das Verschlüsseln von Botschaften und das Knacken von Codes – lässt Christian eine Mathematik entdecken, die selbst erklärte Mathemuffel in begeisterte Zahlenkünstler verwandelt.

Albrecht Beutelspacher ist Professor für Mathematik an der Universität Gießen. Er erhielt mehrere renommierte Auszeichnungen und ist bekannt dafür, Mathematik unterhaltsam und spannend zu präsentieren.

Thomas M. Müller, geboren 1966 in Gera, wurde für seine Arbeiten bereits mehrfach ausgezeichnet. Für die *Reihe Hanser* illustrierte er u. a. ›Jimmy, du nervst!‹ (dtv 62204) und ›Nerv nicht schon wieder, Jimmy!‹ (dtv 62266) des Bestsellerautors Sam McBratney.

Albrecht Beutelspacher

Christian und die Zahlenkünstler

Ein Mathe-Krimi

Mit Bildern von Thomas M. Müller

Deutscher Taschenbuch Verlag

Das gesamte lieferbare Programm der *Reihe Hanser*
und viele andere Informationen finden Sie unter
www.reihehanser.de

In neuer Rechtschreibung
Dezember 2007
Deutscher Taschenbuch Verlag GmbH & Co. KG,
München

Umschlagbild: Thomas M. Müller
Gesetzt aus der ITC Giovanni 12/14˙
Satz: Kösel, Krugzell
Druck und Bindung: Druckerei C. H. Beck, Nördlingen
Gedruckt auf säurefreiem, chlorfrei gebleichtem Papier
Printed in Germany • ISBN 978-3-423-62332-2

Inhalt

Ferien mit Tante Ursula

Christian hatte den Eindruck, die Welt um ihn herum sei aus den Fugen.

Seit Wochen fühlte er sich richtig schlecht. Ständig hatte er furchtbares Kopfweh. Am liebsten lag er in seinem abgedunkelten Zimmer, döste vor sich hin oder las. Seine Mutter stellte fest, er sei krank.

Deshalb hatten sie viele Ärzte besucht. Zuerst die Hausärztin. Die hatte sie an einen Internisten überwiesen. Der hatte nach einigen Wochen gemeint, sie sollten ihn mal in der Uni-Klinik vorstellen. Jedes Mal hatten sie Ewigkeiten gewartet, und er war ausführlich untersucht worden. Als die Ärzte dann erzählten, was ihm fehlte und was man tun sollte, hatte er schon gar nicht mehr zugehört. Geholfen hatte jedenfalls alles nicht.

Seine Schwester hatte nichts Besseres zu tun, als ihn zu veräppeln. Sie setzte sich an den Tisch, stützte ihren Kopf in die Hand und stöhnte: »Mein Kopf, mein Kopf!« Das sollte sein Verhalten darstellen.

Überhaupt hatte sie sich in letzter Zeit zu einem Giftzwerg entwickelt. Sie war zehn – zwei Jahre jünger als er (sie sagte: eineinhalb) –, bildete sich aber ein, was Besonderes zu sein. Deutlich zeigte sie ihm, dass er ihrer Meinung nach vom wirklichen Leben nichts verstand. Dabei bezog sie ihre Informationen nur aus der Bravo. Was ihn wirklich ärgerte und wogegen er leider nichts machen konnte: Sie war größer als er. In den letzten Monaten war sie so schnell gewachsen, dass sie ihn überholt hatte. Für sie war das ein neuer Beweis ihrer Überlegenheit.

Auch bei seinen Eltern stimmte es nicht. In letzter Zeit benahmen sie sich echt blöd. Eigentlich war es nur noch schön, wenn Mama oder Papa sich alleine um ihn kümmerten. Wenn sie zu zweit waren, ging alles daneben. Und wenn seine Schwester noch dabei war, nahm er einfach Reißaus und schloss sich in seinem Zimmer ein.

Solange er sich erinnern konnte, hatte er die Ferien immer mit seinen Eltern und seiner Schwester gemeinsam verbracht. Dieses Jahr nicht. Ging offenbar nicht. Irgendwann hatten seine Eltern Tante Ursula aus dem Hut gezaubert. Er glaubte, sie wollten ihn einfach abschieben. Vielleicht war es ja auch gut, wenn die Eltern mal alleine waren.

Im Grunde kannte Christian diese Tante Ursula kaum. Er wusste nicht einmal genau, wo sie arbeitete. War sie an einer Schule oder an der Universität? In jedem Fall machte sie Mathematik. Das machte sie nicht sympathischer. Aber in seiner jetzigen Laune hätte ihm nichts auf der Welt die Tante sympathischer machen können.

Zu Weihnachten und an seinen Geburtstagen hatte sie immer angerufen, aber besucht hatte sie ihn nie. Sie hatte immer einen Grund: Arbeit, Reisen, Krankheit. Christian fand, dass das Ausreden waren. Aber angerufen hatte sie immer.

Und auch immer gesagt, dass sie irgendwann mal was zusammen machen würden. Das kam so sicher wie die Glückwünsche. Er hatte sich schon daran gewöhnt und wartete jedes Mal darauf. Er war überzeugt, dass sie nie was zusammen unternehmen würden.

Jetzt sollten sie gemeinsam in die Ferien fahren. Ausgerechnet jetzt. Er wollte überhaupt nicht weg.

Wenn es sich wenigstens um Ferien gehandelt hätte. Aber Tante Ursula fuhr zu einer Mathe-Tagung. Vor einer Woche hatte sie angerufen, superfreundlich getan und ihn gefragt, ob er Lust habe, in den Sommerferien zwei Wochen mit ihr zu verbringen. »Ich fahre zu einer Tagung nach Italien«, schwärmte sie, »in ein einsames Schloss. Da hab ich viel Zeit für dich, und wir können alles Mögliche gemeinsam unternehmen.«

Schlimmer konnte es nicht kommen. Seine Freunde fuhren mit ihren Eltern nach Spanien oder in die Türkei. Meike flog mit ihren Eltern sogar nach Amerika, ins Disneyland. Und er sollte seine Ferien in einem gottverlassenen Nest mit abgedrehten Mathematikern verbringen? So ziemlich das Gegenteil dessen, was er sich unter Ferien vorstellte.

Und woher sollte sie überhaupt wissen, was er gerne machte? Eine Frau, die ihn zum letzten Mal bei seiner Taufe gesehen hatte, konnte keine Ahnung von ihm haben.

Aber irgendwie hatte er nicht nur ein schlechtes Gefühl. Denn Tante Ursula war etwas Besonderes. Die Geschenke zum Geburtstag und zu Weihnachten waren immer raffiniert ausgesucht. Und die Karte dazu war zwar immer kurz, aber mit echtem Gefühl geschrieben. Tante Ursula machte wenige Worte, aber die trafen das Richtige. Die einzigen Geburtstagskarten, die er zweimal las. Zu seinem 12. Geburtstag vor ein paar Wochen hatte er von ihr Geld bekommen – eigentlich doof. Aber sie hatte das witzig verpackt. Vier Fünfeuroscheine waren zusammengerollt und bildeten die Schnurrbarthaare einer Katze und zwei Zweieurostücke die Ohren. Ja, Tante Ursula war etwas Besonderes. Unnahbar und gleichzeitig nah. Und immer für eine Überraschung gut.

Gestern, am Samstag, war sie angekommen. Die Eltern hatten sich zusammengerissen. Wahrscheinlich, weil sie froh waren, ihn demnächst los zu sein. Und weil sie sich's genau deswegen mit Tante Ursula nicht verscherzen durften.

Abends hatten die Erwachsenen dann noch zusammengesessen. Wahrscheinlich hatte Tante Ursula gute Ratschläge bekommen, wie sie mit Christian umgehen müsse. Mama hatte bestimmt gejammert, dass er zu wenig und zu unregelmäßig esse und deshalb so mager sei. Was für ein Quatsch! Mama dachte immer, ihre Kinder würden verhungern.

Er konnte sich die Szene gut vorstellen. Mama erzählte von seinen angeblichen Problemen, und Papa gab gute Ratschläge. Perfekte Rollenteilung.

Sollten sie doch. Er war jedenfalls nicht bereit, größere Rücksichten zu nehmen. Schon gar nicht auf eine mittelalterliche Tante, die keine Ahnung von ihm hatte.

Christians Lieblingszahl

Am Sonntagnachmittag ging es los. Seine Eltern hatten darauf bestanden, sie zum Bahnhof zu begleiten. Nachdem sie einen Parkplatz gefunden hatten, nahm Christian seinen großen, roten Rucksack aus dem Kofferraum, setzte ihn auf und trottete durch den Regen zum Bahnhofsgebäude. Dass es regnete, war ihm jetzt auch egal.

Er war froh, als der Zug nach München endlich einfuhr, als Mama und Papa ihn noch einmal abgeküsst hatten, sie eingestiegen waren und ihren Platz gefunden hatten. Christian setzte sich in die Ecke am Fenster, stellte seinen Rucksack auf die andere Seite dicht neben sich, sodass er fast in einer Höhle saß. Er starrte zum Fenster hinaus und hoffte, dass ihn Tante Ursula in Ruhe ließ.

Christian stützte seinen Kopf in die Hand. Sein Kopfweh war fürchterlich. Der Blick nach draußen munterte ihn auch nicht auf, denn es regnete unaufhörlich. Alles war grau.

»Trübes Wetter«, sagte die Tante. Toller Kommentar! Aber wahrscheinlich meinte sie es nur gut.

Er beschloss, ihr ein bisschen auf den Zahn zu fühlen: »Was macht ihr denn auf so einer Mathe-Tagung? Wenn du die ganze Zeit rumrechnest, dann hast du bestimmt den ganzen Tag schlechte Laune.«

Tante Ursula lachte: »Mir macht Mathe keine schlechte Laune. Wenn das so wäre, hätte ich schon längst damit aufgehört.«

Das konnte sich Christian vorstellen, denn sie machte einen entschiedenen Eindruck. Wenn sie etwas als richtig erkannt hatte, tat sie es oder versuchte es jedenfalls. »Aber mit Zahlen macht ihr doch rum«, beharrte Christian, »sind das große Zahlen?«

»Natürlich hat Mathematik viel mit Zahlen zu tun. Die Mathematiker beschäftigen sich zwar auch mit ganz anderen Themen, aber Zahlen sind wichtig. Weil sie sich manchmal von den überraschendsten Seiten zeigen.«

»Da bin ich aber gespannt«, sagte Christian und glaubte ihr kein Wort.

»Hast du eine Lieblingszahl?«, fragte Tante Ursula nach einer Weile wie nebenbei.

»Achtundzwanzig«, war seine kurze Antwort.

»Und warum?«

»Weil ich da Geburtstag habe.«

»Richtig, das weiß ich natürlich«, sagte sie, holte kurz Luft und sagte dann: »Aber 28 ist auch eine ganz besondere mathematische Zahl.«

»Na ja, 7 mal 4.«

»Gut. Aber sie hat noch eine Eigenschaft. Und diese macht die Zahl 28, seit es Mathematik gibt, zu einer ganz besonderen Zahl!«

Das fing ja gut an. »Was soll das Besondere an 28 sein?«

»Um das zu erkennen, suchen wir die Zahlen, durch die 28 ohne Rest teilbar ist.«

Christian wusste, was das bedeutet. Er zählte auf: »Die 1, die 2, nicht die 3. Die 4, die 7 und die 14.«

»Klasse! Und jetzt zählen wir diese Zahlen mal zusammen.«

Von wegen wir, ich mach das: »1 + 2 + 4 + 7 + 14, das ist 28.«

»Ja genau. Die alten Griechen untersuchten solche Zahlen schon vor über 2000 Jahren. Und die Zahlen, bei denen die Teiler zusammengezählt die Zahl selbst ergeben, nannten sie ›perfekt‹. Deine Lieblingszahl ist also eine perfekte Zahl!«

Christian wurde wieder still, und auch Tante Ursula ließ ihn in Ruhe. Er überlegte, ob diese Eigenschaft wirklich etwas Besonderes war. Ist die Zahl 25 perfekt?, überlegte er. Ihre Teiler sind nur 1 und 5. Zusammengezählt ergibt das schlappe 6, also ist 25 weit davon entfernt, perfekt zu sein.

So blöd ist Tante Ursula gar nicht, dachte Christian. Kann gut erzählen, schwafelt nicht rum und gibt auch mal Ruhe. Ich glaube, sie bemüht sich richtig, mir zwei schöne Wochen zu machen.

Kurze Zeit später bekam Christian Hunger. Er holte aus seinem Rucksack eine Lakritzrolle und eine Thermosflasche mit Tee.

Er löste den Anfang der Lakritzrolle, steckte ihn in den Mund und wollte die Schlange gerade genüsslich herunterschlucken, da lachte Tante Ursula. Offenbar lachte sie, wenn sie eine Idee hatte. »Pass mal auf, ich zeig dir was: Leg mal den Lakritzfaden um deine Thermosflasche rum!«

Christian wickelte das Lakritzband sorgfältig ab, hielt es an beiden Enden fest und zeigte, wie lang es war. Dann legte er es um die Flasche herum, sodass es einen schönen Kreis bildete, und knipste den überstehenden Rest ab.

»Jetzt stell dir vor, du würdest die Lakritze wieder abziehen und das Band an die Thermosflasche von oben nach unten kleben. Wird es so lang sein wie die Flasche oder kürzer, oder wird es sogar darüber hinausgehen?«

Christian überlegte nicht lange, sagte auch nichts, sondern probierte es aus. Er zog das Lakritzband von der Thermosflasche ab, legte ein Ende oben an und führte das Band senkrecht nach unten: »Wow!« Das hatte er sich nicht vorgestellt. Das Lakritzband reichte nicht nur bis zum unteren Ende der

Flasche, sondern noch ein Stückchen darüber hinaus!

»Die Linie außen um die Flasche herum nennen wir den ›Umfang‹ eines Kreises. Und der ist riesig groß. Man verschätzt sich eigentlich immer.«

»Wie groß ist er denn?«, wollte Christian wissen.

»Das ist eine der spannendsten Fragen der Mathematik. Man vergleicht den Umfang eines Kreises mit dem Durchmesser.«

»Durchmesser heißt quer durch?«

»Ja, genau durch den Mittelpunkt.«

Christian drehte die Thermosflasche um, nahm die Lakritzschlange, die genauso lang wie der Umfang war, und maß einen Durchmesser ab. Dann biss er die Lakritze genau an der Stelle ab und schluckte den ersten Durchmesser hinunter.

Danach wiederholte er die Prozedur: maß einen Durchmesser ab, biss ihn ab und schluckte ihn hinunter.

Schließlich noch ein drittes Mal: abmessen, abbeißen, schlucken. »Drei und ein bisschen was«, sagte er mit vollem Mund.

»Das machst du sehr gut. Völlig richtig. Drei und ein bisschen was. Das ›bisschen was‹ können die Mathematiker viel genauer ausdrücken, aber wie groß es genau ist, weiß man nicht und wird es nie wissen.«

»Wie groß ist es denn?«, fragte Christian unbeeindruckt.

»Die meisten Menschen sagen drei komma vierzehn. Ich weiß noch ein paar Stellen mehr: 3,14159. Aber obwohl man heute Milliarden von Stellen kennt, weiß man es immer noch nicht ganz genau. Das ist bis heute eines der größten und faszinierendsten Rätsel der Mathematik.«

3,14. Drei komma vierzehn, dachte Christian. Komische Rätsel. Damit beschäftigen die sich also.

Eigentlich ganz gute Geschichten. Kaum zu glauben, dass Zahlen so spannend sein können.

Und Christian hatte noch keine Ahnung, wie spannend die Geschichte mit den Zahlen werden sollte.

Dreikommavierzehn

In München mussten sie umsteigen. Um 21:03 Uhr fuhr der Zug nach Florenz. Christian hatte kurz auf die Anzeigentafel geschaut und informierte Tante Ursula: »Gleis 12.«

»Ich habe uns Betten im Liegewagen reserviert«, sagte Tante Ursula.

»Cool. Ich bin noch nie im Liegewagen gefahren.« Eigentlich war er überhaupt noch nie länger Bahn gefahren.

Am Bahnsteig mussten sie den ganzen Zug abklappern, bis sie ganz vorne ihren Wagen entdeckten.

Im Abteil befanden sich auf beiden Seiten drei Betten übereinander. Sie hatten die obersten. Christian war begeistert und kletterte das Leiterchen hoch. Oben angekommen bemerkte er, dass Tante Ursula einen etwas hilflosen Eindruck machte. Klar, ihr wäre ein Bett weiter unten lieber gewesen. Christian war großzügig: »Ich bringe dir deine Sachen nach oben.«

Sie waren früh dran. Der Zug fuhr erst in 20 Minuten. Deshalb vertraten sie sich noch die Beine auf dem Bahnsteig.

»Wo geht es eigentlich hin?« Christian stellte fest, dass er so gut wie nichts wusste. Er war so mit sich selbst und dem Kuddelmuddel zu Hause beschäftigt gewesen, dass er sich nicht auch noch darum hatte kümmern können.

»Wir fahren zu einer Sommerschule. Da kommen lauter junge Mathematiker zusammen.«

Christian betrachtete Tante Ursula von der Seite. Jung? Wie alt mochte sie sein? Schwer zu schätzen. Ihre ruhige Art, ihr glattes schwarzes Haar, ihre manchmal raschen Bewegungen … Vielleicht dreißig?

»Sommer und Schule passen aber nicht gut zusammen.«

»Doch, wir gehen alle freiwillig hin. Weil wir dort die Chance haben, etwas wirklich Interessantes zu lernen. Und diese Sommerschule ist ganz besonders aufregend.«

»Warum?«, fragte Christian ungläubig.

»Weil dort ein berühmter Professor unterrichtet und«, jetzt senkte sie die Stimme und sprach geheimnisvoll weiter, »weil er uns über etwas ganz Spannendes berichten wird, von dem noch niemand gehört hat.«

»Und was soll das sein?« Hatte das vielleicht mit den Zahlen zu tun?

Ursula sprach leise weiter: »Es geht um Codes. Verstehst du, Geheimschriften und so. Und wie man sie knacken kann.«

Christian war baff. Er hätte nicht gedacht, dass sich Erwachsene – sogar ein berühmter Professor – für so was interessierten. Und auch nicht, dass Geheimschriften etwas mit Mathe zu tun haben sollten. Aber eines war klar: Auf diesem Gebiet kannte er sich aus.

Der Schaffner winkte ihnen einzusteigen. Zurück im Wagen blieben sie auf dem Gang stehen und schauten zu, wie der Zug langsam und ruckelig aus dem Bahnhof fuhr.

Das Gespräch auf dem Bahnsteig ließ Christian keine Ruhe: »Macht ihr echt Geheimschriften?«

»Ja. Weshalb fragst du?«

»Weil«, er zögerte kurz, »weil ich das auch kann!«

Tante Ursula lächelte: »Klasse. Erinnerst du dich an eine?« Sie schien froh zu sein, dass sie ein gemeinsames Thema hatten.

»Ich kann eine mit Geheimzeichen.« Und ohne zu zögern, malte er mit seinem Finger auf die beschlagene Scheibe ein Schema:

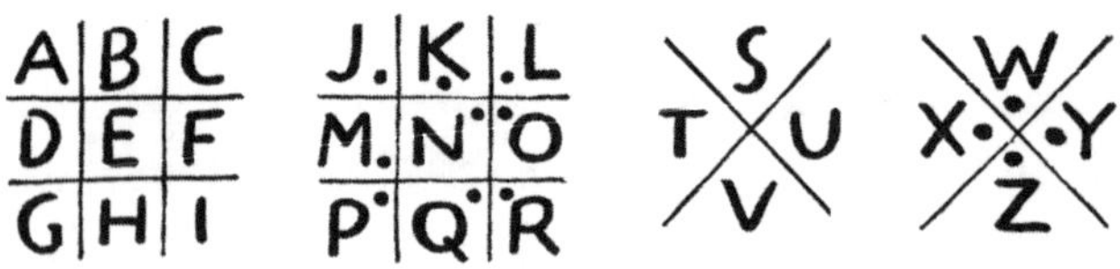

Und wenn ich jetzt ›geheim‹ schreiben will, dann schreibe ich einfach

Tante Ursula war begeistert: »Hast du das in der Schule gelernt?«

»Nö, in der Schule lernen wir so was nicht.«

»Woher kennst du es dann?«

Was ging das seine Tante an? Er kannte es eben. Aber sie schaute auffordernd zu ihm herüber.

»Zu mir kommt manchmal ein kleines Männchen, das mir Dinge erklärt. Es heißt Dreikommavierzehn.« Christian hatte nicht nachgedacht, der Satz war ihm einfach so herausgerutscht.

»Wie bitte?« Tante Ursula schien sprachlos.

Christian gefiel die Idee. »Ich stell mir den Dreikommavierzehn einfach vor, und schwupp ist er da und erklärt mir was.« Er blickte seine Tante an.

»*Wie* heißt der?«

»Dreikommavierzehn. Sag ich doch.«

»Und der kommt zu dir, wann du willst?«

»Nein, manchmal auch nicht.« Christian überlegte einen Moment. »Ich weiß auch nicht genau. Manchmal klappt's und manchmal auch nicht. Und manchmal kommt er, sagt mir aber nicht das, was ich möchte, sondern erzählt irgendwelchen Quatsch.«

Auch Tante Ursula schien an dem Spiel Gefallen zu finden: »Wie sieht dein Dreikommavierzehn denn aus?«

Christian sagte nichts. Tante Ursula neckte ihn: »Ich vermute, du denkst dir den Dreikommavierzehn nur aus!«

»Nein!«, empörte sich Christian, »den gibt's echt!«

»Dann muss er doch auch irgendwie aussehen!«

Christians Antwort war einfach: »Der sieht so aus, wie er heißt.«

»Was meinst du denn damit?« fragte Tante Ursula.

»Ist doch klar«, grinste Christian, »3 Haare, 14 Augen. Und sein Mund ist wie ein Komma, von oben nach unten.«

»14 Augen?« Seine Tante schien entsetzt. »Wo sollen die denn sein? Und ein senkrechter Mund? Habe ich noch nie gesehen!«

Doch Christian wusste, dass er recht hatte: »Die Augen sind rings um seinen Kopf angeordnet. Damit er überall hinsehen kann. Und der Mund, der ist eben senkrecht. Ist doch nichts dabei.« Christian kicherte: »Beim Sprechen und Essen geht sein Mund nach rechts und links auf.«

Nun schien es seiner Tante die Sprache verschlagen zu haben. Fröhlich fabulierte Christian weiter: »Wenn er grinst, gehen die Mundwinkel nach rechts, und wenn er traurig ist, nach links.«

Tante Ursula blieb skeptisch: »Das ist sein Kopf. Und wie sieht er sonst aus?«

Christian kam richtig in Fahrt: »Sonst hat er gar nichts. Er hat nur einen Kopf. Er ist der perfekte

Mathematiker und braucht nur seinen Kopf zum Denken.«

»Und wie soll sich der Dreikommavierzehn bewegen?«

»Kein Problem. Der ist einfach da. Du denkst an ihn, und schon ist er da. Wozu braucht er da noch Beine?«

Langsam schien Tante Ursula die Sache unheimlich zu werden: »Du kannst ja mal versuchen, mit deinem Dreikommavierzehn in Kontakt zu treten. Dann wirst du schon sehen, wie er wirklich aussieht.«

»Ich weiß, wie er aussieht.« Christian blieb stur: »Habe ich dir doch gesagt.«

Tante Ursula lenkte ab: »Ich glaube, wir sollten mal in unsere Betten steigen.«

Nachdem sie sich frisch gemacht hatten und in ihren Hochbetten lagen, meinte Tante Ursula noch: »Den Dreikommavierzehn finde ich übrigens gar nicht schlecht. Und noch etwas: Du solltest ›Ursula‹ zu mir sagen. ›Tante‹ find ich blöd. Ich bin doch keine Tante.«

»Gute Nacht, Ursula.«

»Schlaf gut, Christian!«

Er zog sich die Decke über den Kopf, drehte sich noch zweimal herum und war im nächsten Moment eingeschlafen. Das Letzte, was er dachte, war: »Dreikommavierzehn. Und Ursula ist eigentlich erstaunlich nett.«

Das Schloss

Jetzt standen sie vor dem Bahnhof Cortona-Terontola.

Kurz nach sechs Uhr morgens waren sie in Firenze, wie Florenz auf Italienisch heißt, angekommen, dort in den Zug in Richtung Roma umgestiegen und nach etwa einer Stunde am Bahnhof Cortona-Terontola wieder ausgestiegen. Und offenbar waren sie hier am Ende der Welt angekommen.

Jedoch: Die Sonne schien. Der deutsche Regen war wie weggeblasen. Schon jetzt, um acht, war die

Sonne warm. Und vor allem hell. Das Licht war so weiß, so blendend, wie Christian das in Deutschland noch nie erlebt hatte. Er kniff seine Augen ganz schmal zusammen. Zum Glück hatte er eine Sonnenbrille mitgenommen.

Ursula kramte in ihrer Tasche, zog einen Zettel heraus. Nachdem sie ihn gelesen hatte, sagte sie: »Wir können bis zehn warten; dann kommen auch die anderen Teilnehmer an und werden abgeholt. Oder wir bestellen uns in der Bar gegenüber ein Taxi.« Christian hockte auf seinem Rucksack, Ursula schaute ihn an und entschied: »Wir nehmen ein Taxi!«

In der Bar waren sie die einzigen Gäste, aber die Bedienung wusste sofort Bescheid und sagte nur: »*Quarto d'ora.*«

Ursula schien zu wissen, was das bedeutete, bestellte an der Bar einen Cappuccino für sich und für Christian eine Coca-Cola. Sie setzten sich an ein Tischchen und tranken langsam und genüsslich.

Schon nach kurzer Zeit kam der Taxifahrer. Offenbar war er Besitzer der Bar, Taxiunternehmer und Fahrer in einem. Er verstaute Christians Rucksack und Ursulas Koffer in seinem Fiat Ritmo. Er hatte ihnen angesehen, wohin sie wollten, denn er fragte nur der Form halber: »*Palazzone?*«

Sie verließen den Ort, und nach einigen Kilometern ging es bergauf. »*Qui fa fresco*«, meinte der Taxifahrer seufzend, »*da noi fa caldissimo.*« Ursula konnte anscheinend Italienisch und übersetzte: »Er sagt, dass es da oben kühl sei, unten im Ort sei es wahnsinnig heiß.« Sie fuhr fort: »In der Einladung steht, dass der ›Palazzone‹ ein altes Schloss mit einem Turm und dicken Mauern sei.«

Auf der kurvenreichen Straße schraubte sich das Auto immer höher. Dann fuhr der Fahrer durch eine 180°-Kurve und bremste stark ab. Das Taxi hoppelte über einen Schotterweg zum Eingangstor, passierte es und hielt auf einem großen Hof an.

»*Ecco!*« Sie waren da. Was sie sahen, war ein echtes Schloss. Rechts, an der Frontseite des Hofes, war eine lange Mauer mit Zinnen, zwischen denen hindurch man weit in die Ebene hinaussehen konnte. Das Schloss lag linker Hand. Imposant und stumm. Fenster und Türen waren verschlossen. Weit und breit war kein Mensch zu sehen. Außer dem Zirpen der Grillen war nichts zu hören.

Der Fahrer hatte seinen Auftrag erfüllt. Er stellte eine Quittung aus, Ursula bezahlte, der Fahrer hob den Koffer aus dem Auto, sagte »*Arrivederci*« und fuhr wieder ab.

Nichts deutete auf menschliches Leben hin.

Links führte eine lange Rampe zu einem großen Tor empor. Mit einem »Schauen wir mal« machte Ursula sich und Christian Mut. Die Rampe war lang und mit groben Steinen gepflastert. Oben angelangt stellten sie fest, dass es keine Klingel gab, sondern stattdessen einen schweren, eisernen Ring. Ursula hob ihn an und ließ ihn fallen. Das erste Mal vorsichtig, dann energischer. Beim dritten Mal warf Christian den Ring mit all seiner Kraft nach unten. Aber das Tor ging nicht auf, und es blieb weiterhin still.

Sie traten den Rückzug an. Vielleicht hatten sie ja den falschen Eingang erwischt. Wenn überhaupt jemand dieses Schloss bewohnte, so konnte es sich nur um einen alten Fürsten mit verknittertem Gesicht und grauem Anzug oder um eine uralte Frau mit einer schwarzen Katze auf der Schulter handeln, dachte Christian.

Unten angelangt drehte er sich noch einmal um – und blieb überrascht stehen. Das Tor öffnete sich langsam, und eine Person schaute heraus – kein Greis und keine Hexe. Im Tor stand eine junge Frau, die wie für einen Fernsehauftritt zurechtgemacht war. Er blinzelte, aber sie stand immer noch da. Unbeweglich.

Er stieß Ursula an und zeigte nach oben. Sie eilten wieder zum Tor, und Ursula sagte atemlos: »*Vengo per la scuola* …« Die stark geschminkte Frau unterbrach sie sofort, antwortete, ohne ihr Gesicht zu verziehen, »*Si, prego*« und ließ sie ein. Sie ging voraus. Ihr Gang war äußerst gleichmäßig und vorsichtig. Damit der Lack im Gesicht keine Risse bekommt, dachte Christian.

Ein kleiner Holztisch in einem Durchgangszimmer war das Tagungsbüro. »*Suo nome?*«, fragte die Lackierte und gab Ursula ein Formular, in das diese Name und Anschrift eintrug. Außerdem musste sie ihren Personalausweis abgeben. Die Frau händigte Ursula einen Schlüssel aus, zeigte auf die Nummer 18 und schien dann der Ansicht zu sein, ihre Arbeit getan zu haben. Aber Ursula schaute so ratlos, dass die Frau sich bequemte, ihnen den Weg zum Zimmer zu zeigen.

Sie ging voraus. Christian merkte sich den Weg gut. Zunächst ging es durch zwei Räume, die mit Wand- und Deckengemälden verziert waren (was er aber nur nebenbei wahrnahm), dann nach rechts, eine Treppe hoch, einen schmalen, dunklen Gang entlang, durch einen niederen Durchgang, einige Stufen nach oben, dann nach links, einen weiteren langen, schmalen Gang entlang und rechts um die Ecke. Dann waren sie angekommen.

Das Gespenstische war, dass alles vollkommen still war. Kein Laut. Wie ausgestorben.

Die Lackierte sagte: »Das ist der normale Weg. Abends wird der Palazzone geschlossen, dann muss man den Eingang durch den Keller benutzen. Dafür ist dieser Schlüssel, der andere ist für das Zimmer.« Sie gab Ursula die Schlüssel und schritt, ohne ein weiteres Wort zu verlieren, von dannen.

Ursula schloss das Zimmer auf, und sie traten ein. Das hohe Fenster war durch zwei angelehnte Läden verschlossen. Sie ließen gerade so viel Licht durch, dass Christian nach einigen Augenblicken der Eingewöhnung die Einrichtung deutlich wahrnehmen konnte. Links standen zwei schlichte Betten, rechts an der Wand ein Schrank und davor ein Arbeitstisch. Auf diesem eine Lampe. Links war noch eine Tür, die ins Bad führte.

Christian stellte seinen Rucksack auf das Bett am Fenster und machte damit klar, dass dies sein Bett war. Er setzte sich und begann sich einzurichten. Die Taschenlampe stellte er neben das Kopfkissen, das Tagebuch unter das Kopfkissen, die Trinkflasche unten ans Bett. Sein Schmusetier, ein schon in die Jahre gekommener, grauer Hund namens Wauzi mit großen Schlappohren, legte er auf das Kopfkissen. Seine Mutter fand den Hund blöd, sie meinte, in seinem Alter habe man kein Schmusetier mehr. Aber Christian hatte Wauzi lieb. Eines der beiden Glasaugen des Hundes war irgendwann mal abhanden gekommen, aber er schaute immer noch ganz treuherzig. Den Rucksack lehnte Christian an die Wand, und fertig war er.

Inzwischen hatte Ursula ihren Koffer hereingeholt und beschloss: »Als Erstes gehe ich jetzt mal unter die Dusche!«

»Dann erkunde ich die Gegend!«

»Aber pass auf, dass du wieder zurückfindest!«

»Klar doch. Ich finde immer wieder zurück.«

Christian ging zuerst nach links, dann den Gang entlang. Als er die abwärts führenden Stufen nehmen wollte, sah er auf der linken Seite eine offene Tür. In dem Zimmer saß eine uralte, schwarz gekleidete Frau, die sich einen *caffè* braute und ihrer schwarzen Katze Milch in eine Untertasse goss. Also doch! Aber Christian erschrak nicht. Denn was er sah, gehörte einfach zu diesem Schloss.

Am Eingang saß die Lackierte unbeweglich und unnahbar – wie eine Statue, die unempfindlich gegen das Verstreichen der Zeit ist.

Noch ein Stück geradeaus, dann hatte er rechts das schwere Eingangstor vor sich. Als Christian es öffnete, überfiel ihn das gleißende Licht der Sonne. Es war so hell, dass er instinktiv den linken Arm vor die Augen hielt. Jetzt, um neun Uhr, war es schon so warm, dass er merkte: Es wird furchtbar heiß werden, so heiß, dass er froh sein würde, nicht nach draußen zu müssen.

Christian schritt über den Hof und setzte sich auf ein Stück Mauer zwischen zwei Zinnen. Der Ausblick in die weite Ebene war unwiderstehlich. Grüne Flächen und sanfte Hügel breiteten sich vor ihm aus. Keine Straße, keine Stadt war zu sehen. So könnte es hier auch vor hundert Jahren ausgesehen haben.

Christian dachte an zu Hause, seine Mutter, seinen Vater, seine Schwester. Aber es war nur ein kurzer Gedanke. Kaum aufgetaucht war er auch schon wieder verschwunden. Gestern um diese Zeit war er noch zu Hause gewesen, umgeben von Chaos und Problemen, und hatte sich nicht vorstellen können, was der nächste Tag bringen würde. Heute war er hier. In Italien, auf einem Schloss. In einer anderen

Welt und fast auch in einer anderen Zeit. Und ganz alleine.

Deutschland und seine Familie waren unvorstellbar weit weg. Dieser Gedanke belastete ihn aber nicht, im Gegenteil. Nur tief Luft holen musste er.

Der Professor

»Komm einfach mit«, hatte Ursula beiläufig gemeint. Christian hatte sie fragend angeschaut. »Ein Gedanke, der mir gerade so kam«, hatte sie gesagt, »und ich habe gelernt, meinen spontanen Einfällen zu vertrauen.«

Das war natürlich keine Erklärung, aber es war fünf vor elf, und um elf sollte die erste Vorlesung von Professor Primo beginnen. Da Christian nicht wusste, was er in diesem Schloss überhaupt tun sollte, nahm er Ursulas Einladung an.

Als sie den Vorlesungsraum betraten, waren die anderen jungen Wissenschaftler bereits anwesend. Ursula setzte sich in die vorletzte Reihe auf einen noch freien Platz. Christian setzte sich in die letzte Reihe, in der noch alle Stühle frei waren.

Der Raum hatte weiße, gekalkte Wände. Die Fensterläden waren angelehnt, und es herrschte ein kühles Halbdunkel. Vor den etwa dreißig Stühlen stand ein Tisch, dahinter zwei Klapptafeln.

Es ging nicht zu wie in der Schule. Kein Umhertollen, keine Kämpfchen, kein Geschrei. Alle saßen still, das lauteste Geräusch war ein Flüstern von einigen Teilnehmern, die sich vermutlich schon kannten. Christian schaute sich um und versuchte, sich ein Bild von den Anwesenden zu machen. Die meisten waren ungefähr so alt wie Ursula, manche ein bisschen jünger, vielleicht Studenten. Andere waren aber auch deutlich älter. Die meisten waren ganz normal gekleidet, bis auf zwei ältere Männer, einen dicken und einen dünnen, die schwarze Anzüge trugen und auch hier im abgedunkelten Raum ihre Sonnenbrillen aufbehielten.

Ursula drehte sich zu Christian um und flüsterte: »Professor Primo ist wahnsinnig berühmt. Eigentlich ist er Italiener, aber er ist schon vor langer Zeit nach Amerika ausgewandert und Professor an einer ganz berühmten Universität.«

Noch während Ursula flüsterte und Christian sich vorzustellen versuchte, wie der berühmte Professor Primo wohl aussehen würde, war dieser erschienen. Niemand hatte ihn kommen sehen oder hören, er stand einfach da. Professor Primo war schlank, hatte akkurat gekämmtes, silberweißes Haar und klare blaue Augen. Er trug einen eleganten dunklen Anzug und eine einfarbig blaue, sorgfältig gebundene Krawatte.

Er schaute seine Hörer an, sagte lächelnd »*Buon giorno*« und legte einen dicken orangefarbenen Umschlag vor sich auf den Tisch. Dann nahm er ein neues Stück Kreide, brach es sorgfältig in zwei Hälften, legte die eine wieder zurück – und hörte während der ganzen Zeit nicht auf zu lächeln. Er schaute seine Hörer nochmals an, drehte sich zur Tafel, wartete noch einen Augenblick und schrieb dann $1 + 1 = 0$. Daraufhin trat er einen Schritt zurück, schaute sich sein Werk an, sah, dass es gut war, und wandte sich wieder dem Publikum zu. Und lächelte noch immer.

So etwas hatte Christian noch nie erlebt – jedenfalls nicht in der Schule. Am ehesten noch in der Kirche. Dort wusste der Pfarrer auch immer, was er tun musste, und kein anderer blickte durch.

»Eine gute Gleichung«, sagte Professor Primo.

Überraschenderweise verstand Christian, was der Professor sagte. Er sprach Englisch, und das konnte Christian schon ein wenig. Seine Stimme war leicht krächzend, und er sprach ganz langsam, so langsam, als ob er jeden Buchstaben einzeln aussprechen würde. Das war nicht sehr elegant, Christians Englischlehrerin hätte es kritisiert, aber so kam er jedenfalls mit.

»A good equation«, sagte Professor Primo und fuhr fort: »Die moderne angewandte Mathematik beruht auf dieser Gleichung.« Früher habe man immer nur an 1 + 1 = 2 gedacht. Weil man an Anwendungen der Mathematik in der Physik gedacht habe. »Heute spielen aber die Anwendungen in der Informatik oder direkte Anwendungen der Mathematik bei den Geheimcodes die entscheidende Rolle – jedenfalls für das Gebiet der Mathematik, das wir in dieser *scuola estiva* behandeln werden.«

Alle Anwesenden folgten gebannt dem Vortrag des Professors; keiner wagte, sich zu bewegen oder auch nur laut zu atmen. Primo sprach betont leise, manchmal war er fast nicht mehr zu hören. Und er lächelte.

Aber schon seine ersten Sätze ließen keinen Zweifel daran aufkommen, wer hier der Chef war. Unabhängig von der tatsächlichen oder vorgespielten Freundlichkeit war klar: Er hatte einen Plan, und er würde ihn durchführen. Er würde alles erklären, korrekt, verständlich und freundlich, aber vermutlich nur einmal. Die Teilnehmer würden eifrig mitschreiben, scharf mitdenken und sich höllisch konzentrieren müssen.

Jetzt erläuterte er den Plan der Vorlesungen der kommenden zwei Wochen. Zunächst würden sie die notwendigen Grundlagen aus dem Bereich der Zahlentheorie studieren, vor allem Primzahlen. Dann würden sie diese Erkenntnisse anwenden, um Daten zu verschlüsseln. »Zahlen und Codes, das ist mein Thema, das ist das Thema der Sommerschule. Mit Zahlen kann man bessere Codes konstruieren, bessere, als es jemals zuvor gab. Und wenn man die Geheimnisse der Zahlen kennt, dann kann man solche Codes vielleicht auch – analysieren, das heißt brechen.«

»Denn aus wissenschaftlicher Sicht«, hier machte er eine Pause und rahmte gedankenversunken die Gleichung $1 + 1 = 0$ auf der Tafel ein, »ist es auch eine Erkenntnis, einen Code zu brechen. Das ist genauso schwierig, manchmal sogar schwieriger, als einen Code zu konstruieren. Auch außerhalb der Wissenschaft interessieren sich viele Leute für die Konstruktion und«, hier schaute er lächelnd in die Runde, »vielleicht noch viel mehr für das Knacken der Codes.«

Ursula hatte Christian erzählt, dass die meisten Teilnehmer wegen des Code-Knackens zu dieser Sommerschule gekommen seien. Professor Primo war einer der internationalen Experten. Ihm ging der Ruf voraus, mehr zu wissen und noch mehr zu ahnen als alle anderen Wissenschaftler. Viele glaubten, er habe einen siebten Sinn für die schwachen Stellen von Codes. Bekannt war, dass er schon eine ganze Reihe von Codes geknackt hatte.

Professor Primo hob den großen, dicken, orangefarbenen Umschlag hoch: »Hier ist mein Manuskript für die Sommerschule. Es enthält Erkenntnisse, die noch niemand zu Gesicht bekommen hat. Am Ende der beiden Wochen werden Sie alle wissen, was darin steht. Und Sie werden mehr wissen als alle anderen Wissenschaftler.«

Spannender konnte man es nicht machen. Aber trug er nicht ein bisschen dick auf? Nach Ansicht der Teilnehmer offenbar nicht, denn sie hingen gebannt an seinen Lippen. Nur ein leises Seufzen war hier und da zu vernehmen.

»An diesem Manuskript habe ich in den letzten Monaten ohne Unterbrechung gearbeitet. Darin steht alles, was ich zu diesem Thema zu sagen habe. Meine Assistentin Giustina«, er deutete auf die Frau, die rechts außen in der ersten Reihe saß und bei ihrer Erwähnung rot wurde, »hat mir geholfen, das alles aufzuschreiben. Sie ist der einzige Mensch außer mir, der weiß, was hier drinsteht.«

Die Assistentin Giustina war ganz offensichtlich stolz darauf, dass sie das Manuskript an sich nehmen durfte. Sie presste es mit beiden Händen an ihren schwarzen Pullover und machte dadurch klar, dass sie niemanden auch nur einen kurzen Blick hineinwerfen lassen würde.

Professor Primo verabschiedete sich, nicht ohne vorher anzukündigen, dass man sich heute Nachmittag um vier mit der Assistentin treffen werde, um den Stoff zu üben. Morgen werde er sie dann zur gewohnten Zeit in die Geheimnisse der Zahlen einführen.

Die Teilnehmer klatschten Beifall, und noch ehe dieser ganz verklungen war, war Professor Primo mit einem Lächeln entschwunden.

Die drei Italiener

Christian war wie benommen. Nur langsam nahm er die Welt um sich herum wieder wahr, das Halbdunkel des Raums, die gleißende Sonne, die durch die Ritzen der Fensterläden hereindrang, die Geräusche und den Duft des Essens. Den anderen schien es ähnlich zu gehen.

Christian erhob sich als Letzter und trottete neben Ursula her. Sie betraten einen großen, fast leeren Raum, von dem aus eine Tür in einen Innenhof führte. Auf der rechten Seite standen schon Tische im Schatten einer Laube. Draußen angelangt, umfluteten sie sofort die Wärme und das Licht der Sonne. Dies und die Aussicht auf das Essen lösten die Zungen, und nach kurzer Zeit hörte Christian nur noch ein wildes Durcheinanderschnattern.

Ursula wies auf die Schlange, die sich vor der Essensausgabe auf der linken Seite bereits gebildet hatte. Christian stellte sich vor Ursula an, nahm einen Teller und bekam, als er an der Reihe war, einen ordentlichen Schlag Pasta. »*Per il nostro piccolo!*«, sagte der Kellner und freute sich offenbar, Christian eine besonders große Portion ausschöpfen zu dürfen. Dann nahmen sie an einem der Tische Platz, auf denen bereits Wasser und Wein sowie Brot standen.

Schon bald gesellte sich zu ihnen eine Gruppe von drei Italienern, die sich als Laura, Giorgio und Giovanni vorstellten. Im Gegensatz zu den meisten Frauen, die Christian kannte, trug Laura keine Hosen, sondern ein buntes Kleid aus einem leichten Sommerstoff. Sie hatte ihm gleich, als sie sich setzte, einen freundlichen Blick zugeworfen. Giorgio war als echter Italiener schwarzhaarig, trug einen Dreitagebart und hatte eine Sonnenbrille ins Haar gesteckt. Christian merkte an der Art der grimassenreichen Begrüßung, dass er vermutlich der Spaßmacher der Gruppe war. Giovanni hatte hellbraune Haare, trug eine elegante Brille, und über seinen Schultern hing trotz der Hitze ein feiner Pullover. Er schien etwas zurückhaltender als die anderen zu sein.

Alle drei unterhielten sich eifrig mit Ursula auf

Italienisch, weshalb Christian natürlich wenig mitbekam. Zudem war er völlig damit beschäftigt, sich auf die Spaghetti zu konzentrieren.

In einer der wenigen Gesprächspausen fragte Christian: »Was sind denn das für Codes, von denen der Professor geredet hat?« Ursula meinte, das sei zu schwer, sie könne es jetzt nicht erklären. Aber Giorgio schien auf diese Frage nur gewartet zu haben. Nachdem er sich mit den anderen durch einen kurzen Blick und ein paar gemurmelte Worte verständigt hatte, sagte er mit seiner tiefen, rauen Stimme in gebrochenem, aber gut verständlichem Englisch: »Wir erklären dir den Code von Giulio Cesare.«

»So wird Julius Cäsar auf Italienisch ausgesprochen«, warf Ursula ein.

Giorgio nahm eine Papierserviette, riss die vier Ecken ab, schaute das Ergebnis prüfend an und sagte dann: »A circle!« Gut, mit viel Phantasie konnte man das als Kreis gelten lassen. Dann lieh sich Giorgio von Laura einen Kuli und schrieb außenherum, in einem großen Kreis, die Buchstaben des Alphabets. Er begann mit A, B, C, und endete mit Z, das direkt vor dem A zu stehen kam.

Giovanni hatte inzwischen eine neue Serviette geholt, den Rand abgerissen, sodass wieder ein rundliches Gebilde entstand. Er betrachtete es sorgfältig durch seine Brille und riss dann noch einen Streifen ab, sodass er eine Kreisscheibe erhielt, die kleiner als die von Giorgio war. Genauso wie auf die äußere wurde nun auf die innere Scheibe das Alphabet geschrieben.

»*Attenzione!*«, rief Giorgio jetzt und nahm Giovanni die Serviette aus der Hand. Das Bisherige war offenbar nur die Vorbereitung gewesen. Er legte die beiden Servietten übereinander, die kleinere über die größere. Christian sah die beiden Alphabete, die im Kreis aufgeschrieben waren, eines außen und eines innen.

»*Questo è il codice di Cesare. Si cifra …*« Da wurde Giorgio bewusst, dass Christian kein Italienisch verstand, und er sagte zu Ursula: »*Spiega tu.*«

Ursula sagte: »Er meint, ich solle es dir erklären. Also, das ist der Code von Julius Cäsar. Man verschlüsselt einen Buchstaben, indem man ihn in dem äußeren Alphabet sucht und durch den Buchstaben ersetzt, der innen steht. Bei der jetzigen Einstellung der Scheiben wird zum Beispiel A in G übersetzt.«

Giorgio konnte sich nicht zurückhalten: »*Proviamo il tuo nome,* Christian!« Er schrieb CHRISTIAN in Großbuchstaben. Offenbar wollte er seinen Namen verschlüsseln. Er zeigte es ihm: »C wird I, H wird N und so weiter.«

Als verschlüsselter Name kam INXOYZOGT heraus.

Selbst während er sprach, hatte Giorgio nicht aufgehört zu essen, während Giovanni geduldig gewartet hatte.

Laura merkte, dass die Sache Christian gefiel, und

forderte ihn auf: »Wenn du wirklich verschlüsseln willst, solltest du dir selbst einen solchen Verschlüsselungsapparat basteln. Je sorgfältiger du arbeitest, desto verlässlicher ist das Gerät bei der Verschlüsselung.« Mit einem kritischen Seitenblick auf Giorgio fügte sie hinzu: »Mit den Servietten konnten wir dir ja nur das Prinzip zeigen.«

Giorgio musste das letzte Wort haben: »Es gibt auch eine simple Version. Du schreibst einfach zwei Alphabete auf. Das erste in eine Zeile, das zweite direkt darunter, aber verschoben. Zum Beispiel so, dass du unter dem A des ersten Alphabets mit G beginnst. Und wenn du bei Z angekommen bist, fängst du wieder von vorne an.« Er notierte:

A	B	C	D	E	F	G	H	I	J	K	L	M	N	O	P	Q	R	S	T	U	V	W	X	Y	Z
G	H	I	J	K	L	M	N	O	P	Q	R	S	T	U	V	W	X	Y	Z	A	B	C	D	E	F

»Jetzt kannst du verschlüsseln, indem du von oben nach unten liest, und entschlüsseln, indem du von unten nach oben liest. Aber die Maschine mit den zwei Scheiben ist natürlich viel schöner!«

Inzwischen hatten alle ihren Teller leer gegessen – außer Christian. Aber im Nu war auch er fertig. Denn die Mahlzeit war noch nicht beendet. Sie standen wieder auf, um *il secondo*, den zweiten Gang, zu holen. Es gab ein großes Stück Fleisch, dazu ein paar Salatblätter und wieder das offenbar unvermeidliche Brot. Zum Abschluss aßen sie noch Obst: Äpfel und Orangen. Das alles schmeckte Christian ausgesprochen gut, und er verschlang die für seine Verhältnisse großen Portionen schnell.

Nach dem Essen blieben alle noch kurze Zeit in der schattigen Wärme sitzen. Laura zündete sich eine Zigarette an.

Christian hatte noch eine Frage: »Was meinte der Professor denn mit $1+1=0$? Das habe ich überhaupt nicht verstanden. Das ist doch falsch!«

Ursula meinte, sie könne sich schon denken, was das bedeute, aber sie habe den Eindruck, es sei nur ein Auftrittsgag gewesen. Aber Giovanni schien Gefallen an Christians Fragen gefunden zu haben. »*Ti spiego*«, sagte er und schaute dabei Ursula fragend an. »Gut, ich übersetze«, willigte sie ein.

»*L'inizio della matematica c'era Pitagora*«, begann er, und Ursula übersetzte: »Der Anfang der Mathematik war Pythagoras. Er hat in Sizilien gelebt und Menschen um sich versammelt. Das war eine Art Kloster oder Schule oder Sekte, man weiß es nicht genau.«

»So 'ne Art Sommerschule«, platzte Christian heraus.

Ursula wollte ihn wegen seiner Vorwitzigkeit tadeln, aber Laura griff den Gedanken auf: »Ja, aber nicht nur für zwei Wochen, sondern für immer.«

»Jedenfalls«, fuhr Giovanni fort, »machten sich die Pythagoräer über alles Mögliche Gedanken: über die Welt, die Musik, die Mathematik und in der Mathematik besonders über die Zahlen.« Giovanni erzählte ruhig und systematisch. Er war der Gelehrte und kannte alle Details. »Die Pythagoräer haben mit den Zahlen nicht nur gezählt, sondern sie haben als Erste auf der Welt Eigenschaften von Zahlen erforscht.«

»Eigenschaften von Zahlen, was soll das heißen?«

Giovanni fuhr unbeirrt fort: »Die wichtigste Eigenschaft, die sie erforscht haben, war, ob eine Zahl gerade oder ungerade ist.«

Giorgio liebte Beispiele: »Die Pythagoräer interessierten sich nicht dafür, dass eine Zahl größer als eine andere ist, also dass 27 größer als 23 ist, sondern dafür, dass beide ungerade Zahlen sind.«

»Sie haben das sogar sauber definiert«, präzisierte Giovanni, »sie sagten: Eine Zahl ist gerade, wenn sie ohne Rest durch 2 teilbar ist. Und wenn das nicht so ist, heißt sie ungerade.«

»Damit meinten sie, eine ungerade Zahl ergibt, wenn man sie durch 2 teilt, den Rest 1.«

»Genau. Und bei einer geraden Zahl könnte man sagen, sie ergibt den Rest 0.«

»Und was haben sie mit diesen Eigenschaften gemacht?«, war Christians nächste Frage.

»Sie haben Beziehungen zwischen diesen Eigenschaften erforscht.«

»Häh?« Ihn traf ein scharfer Blick von Ursula, und Christian verbesserte sich sofort: »Das heißt zum Beispiel?«

»Zum Beispiel, dass die Summe von zwei ungeraden Zahlen immer eine gerade Zahl ergibt. Wie bei 7 + 5 = 12. Die Summe ist eine gerade Zahl. Aber das hängt nicht an den speziellen Zahlen 7 und 5, sondern nur daran, dass die beiden Zahlen ungerade sind. Es ist immer so, egal, welche ungeraden Zahlen man nimmt …«

»Stopp«, unterbrach ihn Laura, »ich glaube, Christian hat das kapiert. Erklär ihm lieber, was das mit 1 + 1 = 0 zu tun hat.«

»O.k. Die Pythagoräer haben das, was wir eben gesagt haben, so ausgedrückt: ungerade plus ungerade ist gerade.« Giovanni schrieb das in großen Buchstaben auf eine der übrig gebliebenen Servietten.

Laura kam auf den Punkt: »Und wenn man statt ›ungerade‹ die Zahl 1 schreibt und statt ›gerade‹ die Zahl 0, dann lautet diese Gleichung der Pythagoräer einfach 1 + 1 = 0.«

Giorgio ließ es sich nicht nehmen, dies auf eine Serviette zu schreiben. Dann erhob er sich und übergab Christian mit feierlicher Geste alle Servietten, die sie für ihre mathematischen Erörterungen gebraucht hatten: »*Un regalo*, ein Geschenk für dich.«

Il brutto

»*Prendiamo il caffè*«, sagte Giorgio, und daraufhin setzten sich alle in Bewegung und begaben sich nach drinnen. Dort konnte man sich Kaffee aus einer Warmhaltekanne abfüllen. Es war italienischer Espresso, jeder füllte nur ganz wenig in die winzige Plastiktasse, schüttete aber umso mehr Zucker dazu.

Für Christian gab es wieder nur Wasser. Irgendwoher muss ich mir mal Cola besorgen, dachte er.

Das Kaffeetrinken war vor allem eine Gelegenheit, miteinander zu plaudern. Alle hielten ihre Tasse in der linken Hand, in der rechten hatten sie ein Plastikrührstäbchen, und mit diesem rührten sie ohne Unterlass. Jeder sprach mit jedem, und das in voller Lautstärke. Es herrschte ein ohrenbetäubender Lärm. Der Raum hatte weiß gekalkte Wände, der Boden war gefliest, so dass es richtig schön hallte.

Christian setzte sich auf einen Stuhl an der Wand des Raums und beobachtete die Menschen. Ursula sprach mit zwei dunkelhaarigen jungen Männern. Giovanni und Laura hatten Bekannte gefunden, die sie aufs Herzlichste begrüßten.

Auch Professor Primo war da. Er war der Einzige, der seinen *caffè* nur so lange umrührte, bis der Zucker aufgelöst war, und dann trank. Er sprach mit einem der beiden Herren im schwarzen Anzug, dem magereren von beiden. Christian konnte nichts hören, hätte auch sicherlich nichts verstanden, aber er sah, dass Professor Primo nicht lächelte. Offenbar wollte der schwarz gekleidete Herr etwas von ihm, was der Professor aber ablehnte.

Christian schaute sich nach Ursula um. Er beobachtete, wie sie sich mit einem bärtigen Herrn unterhielt, der erst nach dem Essen eingetroffen war. Er war zwar schon älter, sprach aber sehr lebhaft. Ursula freute sich ganz offensichtlich, ihn zu treffen, denn ihr Gesicht strahlte. Vielleicht kannten sie sich von früher. Sie nahmen noch einen *caffè* und begaben sich nach draußen. Ursula war so ins Gespräch vertieft, dass sie Christian nicht wahrnahm, obwohl die beiden ganz nah an ihm vorübergingen.

Christian schaute sich weiter um und entdeckte ein merkwürdiges Paar. Die Assistentin Giustina sprach mit einem Herrn, der ihm schon bei der Vorlesung aufgefallen war. Ein hagerer Mann, dem seine schwarzen, vermutlich ungewaschenen Haare ins

Gesicht fielen. Er stand bucklig und schief. Alles in allem wirkte er nicht besonders anziehend, vor allem im Vergleich mit den Italienern, die alle eine gute Haltung hatten und ausnahmslos gut gekleidet waren.

Dieser Mensch nahm Giustina gegenüber eine unterwürfige Haltung ein und versuchte ein Lächeln. Es sah so aus, als ob er etwas wollte. Jedenfalls sprach fast nur er. Doch Giustina, die immer noch den orangefarbenen Umschlag mit dem Manuskript an ihre Brust gepresst hielt, beherrschte die Situation. Sie trank ihren *caffè* aus, warf die Plastiktasse energisch in einen der Mülleimer, drehte sich um und ging auf ihr Zimmer.

Ursula betrat wieder den Raum. Sie war alleine und hielt Ausschau nach Christian. Als sie ihn gefunden hatte, kam sie auf ihn zu: »Gehen wir auf unser Zimmer, um uns ein bisschen auszuruhen?«

Christian fragte sie: »Sag mal, kennst du die alle?«

»Die drei vom Mittagessen habe ich schon mal getroffen. Die kommen alle von der gleichen Universität und sind eine sehr nette Gruppe.«

»Das finde ich auch. Besonders Giorgio ist witzig, und Laura ist lieb.«

Ursula erzählte: »Zum ersten Mal bin ich ihnen vor ein paar Jahren auf einer Tagung begegnet. Sie waren mir auf Anhieb sympathisch. Und den ersten Gefühlen vertraue ich hundertprozentig.«

»Und der andere?«

»Ach, das war Franco«, antwortete sie schnell. »Ein Freund, oder sagen wir, ein Bekannter von mir. Er hat jetzt nur kurz vorbeigeschaut und kommt gegen Ende der Tagung wieder. Ein Professor hier aus der Gegend. Obwohl er eine feste Stelle hat, ist er eigentlich ein Vagabund, und man muss Glück haben, ihn zu treffen. Aber sympathisch.« Warum war Ursula so aufgeregt? War da was?

»Ich meine nicht den Mann, mit dem du gesprochen hast. Der war ganz normal. Aber einige sind auch sehr seltsam.«

»Was meinst du damit?«

»Ich meine manche Teilnehmer. Zum Beispiel den mit den schwarzen Haaren.«

»Christian, wir sind in Italien. Schwarze Haare haben hier fast alle.«

Sie hatte recht. »Weißt du, dieser komische, der bei der Assistentin stand und auf sie einredete.«

Am Blitzen in ihren Augen merkte Christian, dass Ursula verstanden hatte. Das Blitzen verwandelte sich jedoch nicht in ein Lächeln, sondern in Stirnrunzeln. »Ach, den meinst du.« Sie suchte nach den angemessenen Worten. »Das ist ein seltsamer Vogel. Er taucht auf fast jeder Tagung auf. Am Anfang scheint er sehr interessiert zu sein, mit der Zeit verwickelt er aber alle in seine Theorien.«

»Was für Theorien?«

»Ganz unterschiedlich. Manchmal kommt er mit

der Mathematik der Chinesen oder der Perser und behauptet, die hätten schon vieles gewusst, nach dem wir heute noch suchen.«

»Stimmt das denn?«

»Ehrlich gesagt«, Ursula war immer ehrlich, »ich weiß es nicht. Manches klingt zwar merkwürdig, aber im Grunde vernünftig. Er trägt es aber so besserwisserisch vor, dass man sofort abblockt.«

»Verstehst du genau, was er sagt?«

»Klar. Er ist ein Deutscher. Er versucht zwar manchmal, Italienisch zu sprechen, aber das geht bei ihm in die Hose. Die Italiener sind eigentlich immer höflich und freundlich, deswegen mag ich sie auch so. Aber für den haben sie einen Spitznamen erfunden. Einen nicht sehr schönen. Sie nennen ihn *il brutto*, der Hässliche.«

Christian schaute sie nur an. Denn so entschieden, wie sie das gesagt und dabei das italienische R gerollt hatte, bedeutete es, dass sie es nicht nur auf das Äußere, sondern auch auf das Innere dieses Menschen bezog.

Noch nie hatte er Ursula über jemanden ein so hartes Urteil fällen hören.

Cäsars Code

»Ich mache einen kleinen Mittagsschlaf«, meinte Ursula. Sie zog ihre Hose aus, legte sich aufs Bett, zog die Decke, die in Wirklichkeit nur ein Leintuch war, über sich und war weg. Jedenfalls sagte sie nichts mehr und bewegte sich nicht mehr.

Christian legte sich ebenfalls aufs Bett und begann zu lesen. Aber bald übermannte auch ihn der Schlaf. Die Nachtruhe im Liegewagen war weder lang noch tief gewesen.

Als er wieder aufwachte, wusste er zunächst nicht, wo er war. Es war dämmrig; er sah nur den hohen Raum und die gleißend hellen Lichtstreifen am Fenster. Er drehte sich nach rechts: Das Bett war leer, Ursula war nicht mehr da. Er schaute auf seine Uhr: bereits halb fünf. Kein Wunder.

Nachdem er noch einige Minuten gedöst hatte, fand er die Orientierung wieder und wusste, was er tun wollte. Er zog die Servietten, aus denen Giorgio während des Mittagessens die Chiffrierscheiben für ihn gemacht hatte, aus seiner Hosentasche und strich sie glatt, so gut es ging.

Das sollte die Maschine für den Cäsar-Code sein. Er kannte Cäsar aus Asterix und hatte den Eindruck, dass er nicht besonders sympathisch war. Aber die Italiener waren anscheinend sehr begeistert von ihm.

Christian überlegte, wie er ein gutes Modell bauen könnte. Eines, das wirklich funktionierte.

Als Erstes brauchte er eine richtige Kreisscheibe, keine abgerissene Serviette. Seinen Zirkel hatte er zu Hause gelassen. Pech. Aber er brauchte ja nur einen runden Gegenstand, von dem er den Kreis abzeichnen konnte. Einen Teller! Er stand schnell auf – zum Glück hatte Ursula den Schlüssel innen stecken lassen – und sauste durch die Gänge hinunter in den Speisesaal. Tatsächlich waren da, wahrscheinlich für das Abendessen, die Plastikteller schon aufgestapelt. Er nahm sich den obersten und rannte, ohne dass ihn jemand sah, zurück in sein Zimmer.

Worauf abpausen? Klar, seine Mutter hatte ihm kurz vor der Abfahrt einen Zeichenblock eingepackt, falls er etwas malen wollte. Christian zog ihn heraus, riss den Karton unter den Zeichenblättern ab, legte den Teller darauf und umfuhr ihn mit einem Bleistift. Das wurde die große Scheibe.

Und die kleine? Hierfür konnte er ja den Teller selbst verwenden. Man musste nur den geriffelten und etwas hoch stehenden Rand abschneiden, um eine glatte, ebene Scheibe zu erhalten.

Die nächsten Minuten war Christian damit beschäftigt, mithilfe der Schere an seinem Schweizer Taschenmesser die beiden Scheiben auszuschneiden.

Nächstes Problem: Wie bekam er die Buchstaben gleichmäßig auf die Scheiben? Einen Kreis in vier oder sechs oder acht gleiche Teile einzuteilen, ist einfach. Aber bei 26 Buchstaben? Das bedeutete, den Kreis in genau 26 Abschnitte aufzuteilen. Und das war knifflig.

Da kam ihm ein Gedanke, beziehungsweise es meldete sich – Dreikommavierzehn. Plötzlich sah er das runde Gesichtswesen mit seinen vierzehn Augen vor sich. Und worauf er bisher noch nicht geachtet hatte: Die Nase von Dreikommavierzehn saß genau in der Mitte des Kopfes und bestand aus Strahlen, die in alle Richtungen gingen.

Augenblicklich wusste Christian, was er zu tun hatte. Er holte sein Geodreieck aus dem Federmäppchen. Das zeigte auch einen Stern an wie die Nase von Dreikommavierzehn, beschrieb aber nur einen Halbkreis. Das waren 180 Grad; ganz herum waren es 360 Grad.

Also 360 durch 26 teilen. Das konnte er: 260 durch 26 sind 10. Bleiben 100 durch 26, na ja, das ist fast das Gleiche wie 100 durch 25, macht 4. Insgesamt gibt das 10 + 4 = 14 Grad.

Nicht jeder wäre bei der Geschwindigkeit, mit der Christian das ausrechnete, mitgekommen. Das ging seiner Lehrerin oft auch so. Aber Christian kümmerte das wenig. Hauptsache, er blickte durch.

Der Rest war einfach: Den Mittelpunkt der Scheiben fand er durch Probieren. Dann zeichnete er auf der Scheibe eine Linie, die vom Mittelpunkt wegführte, und trug daran 14 Grad ab und dann noch mal 14 Grad und so weiter. Das ging ganz gut auf. Er hatte seine Einteilung. Diese übertrug er auf die äußere Scheibe und schrieb schließlich die Alphabete ringsum auf die beiden Scheiben. Zum Schluss legte er sie übereinander und betrachtete stolz seine Verschlüsselungsmaschine.

Uff. Erst mal den Müll in den Papierkorb. Aber jetzt musste er natürlich auch etwas verschlüsseln. Aber was? So was wie ›GEHEIM‹ fand er doof. In Gedanken schrieb er auf das Deckblatt des Zeichenblocks: ›MIR GEHT ES GUT‹.

Was hatte er da geschrieben? Eigentlich ging es ihm doch alles andere als gut. Das Kopfweh, die Krankheit, die Eltern. Nicht zu reden von der Schwester. Und befand er sich nicht gerade in einem Land, in dem er sich nicht verständigen konnte, auf einer einsamen Burg, von der er nicht ohne fremde Hilfe wegkam? Aber als er das Geschriebene nochmals betrachtete, fand er: ein guter Satz. Wie hatte Ursula gesagt: Vertraue deinem ersten Eindruck!

Christian kam eine weitere Idee: Er würde diesen Satz verschlüsseln und so auf einer Postkarte nach Hause schicken. Die Gesichter seiner Eltern würde er gerne sehen!

Er stellte die Scheiben so ein, dass das äußere A genau dem Buchstaben C auf der inneren Scheibe gegenüberlag. Klar, C war sein Lieblingsbuchstabe. Und nun musste er immer den Buchstaben, den er verschlüsseln wollte, außen suchen und durch den innen stehenden Buchstaben ersetzen.

Er arbeitete konzentriert:

OKT IGJV GU IWV

Christian versuchte, das Ergebnis auszusprechen, und musste lachen.

Schnell rannte er zum Tagungsbüro, um eine Karte zu kaufen. Schon bevor er um die letzte Kurve bog, hörte er Stimmen. Als er näher kam, sah er die Lackierte auf ihrem Stuhl hinter dem Empfangstisch sitzen – und vor ihr stand *il brutto*. Der ließ sich in seinen Erörterungen nicht von einem kleinen Jungen stören. Die Lackierte aber wandte sich ihm zu, und Christian sagte: »I want a postcard.«

Die Lackierte war erstaunlich freundlich, meinte, sie habe nur eine Sorte, und davon könne er natürlich eine haben. Dann schlug sie ihm vor, dass sie beide morgen Vormittag nach Cortona fahren, dort die Karte zur Post bringen und ein paar Erledigungen machen könnten: »Do you want to come with me?«

»Yes. Thank you.« Christian war überrumpelt und begeistert, nahm seine Karte und sauste wieder los. *Il brutto* starrte ihm mit offenem Mund nach.

Der Schlüssel

Plötzlich wurde es im Haus lebendig. Offenbar war die Vorlesung zu Ende. Christian hörte das Geräusch näher kommender Schritte und die Stimmen von zwei Frauen, die sich unterhielten. Ursulas Stimme erkannte er, auch wenn sie Italienisch sprach. Neugierig öffnete er die Tür einen Spalt weit. Es war die Assistentin – wie immer mit dem Manuskript unterm Arm.

Ursula freute sich, ihn zu sehen: »Hallo Christian, du hast fest geschlafen. Da bin ich einfach in die Vorlesung gegangen. Was hast du in der Zwischenzeit gemacht?«

»Ich habe mir eine richtig funktionierende Cäsar-Verschlüsselungsmaschine gebaut.«

»Ich bewundere dich sofort. Nur würde ich gerne noch etwas mit Giustina besprechen. Sie wohnt im Zimmer neben uns.«

Genau, so hieß sie. Giustina. ›Dschustina‹ ausgesprochen.

Christian schlüpfte schnell wieder ins Zimmer und verstaute die Postkarte in seinem Rucksack. Ursula musste ja nicht alles mitbekommen.

Als sie hereinkam, zeigte er ihr stolz seine Maschine.

Ursula nahm sie in die Hand und probierte sie aus. Sie hatte noch einen Verbesserungsvorschlag: »Wir müssen die beiden Scheiben in der Mitte verbinden. Dann kannst du die innere Scheibe drehen, und deine Maschine ist perfekt.«

Denselben Gedanken hatte Christian auch schon gehabt, nur war ihm kein passendes Verbindungsstück eingefallen. Ursula holte aus ihrem Koffer den Umschlag mit dem Einladungsschreiben zur Sommerschule. Dieser war mit zwei Plastik-Briefknöpfen verschlossen. Ursula knipste sie auseinander und zeigte Christian, dass ein Ende eines solchen Briefknopfs aus einem runden Stift bestand. Genau das, was sie brauchten.

Er bohrte ein Loch in die Mitte der beiden Scheiben, schnitt den Rest des Briefknopfs ab und steckte den Stift durch die Löcher. Jetzt ließen sich die Scheiben ganz bequem drehen.

»Weißt du noch, wie man damit verschlüsselt?«, fragte Ursula.

Dummme Frage. Christian gab keine Antwort, sondern schrieb URSULA in Großbuchstaben auf den Umschlag. Dann stellte er die Scheibe ein, diesmal so, dass der Buchstabe A auf der großen Scheibe gegenüber dem U auf der kleinen Scheibe stand. Darauf ging er Buchstabe für Buchstabe sorgfältig durch und notierte das Ergebnis: OLMOFU.

»Kann man sogar aussprechen«, freute er sich.

»Das hast du sehr gut gemacht: Das U wird zu O, das R zu L, das S zu M …«

»Das U hatten wir schon«, fiel ihr Christian ins Wort, »und L wird zu F und A zu U.«

»Wie würdest du das entschlüsseln?«

Wollte sie ihn abfragen? Nun gut. »Ich suche das O auf der kleinen Scheibe«, er zeigte mit seinem Finger darauf, »und ersetze es durch den Buchstaben, der auf der äußeren Scheibe steht, also das U. Ist doch klar: entschlüsseln von innen nach außen.«

»*Molto bene!*« Ursula liebte Italienisch. Aber Christian wusste schon, dass das ›sehr gut‹ heißt. »Du hast die gleiche Einstellung der Scheibe benutzt wie beim Verschlüsseln.«

»Das ist doch klar! Sonst ergibt sich wahrscheinlich Mist. Schau mal!« Er stellte die Scheibe wie beim ersten Mal ein, so dass das äußere A gegenüber dem C lag, und entschlüsselte OLMOFU. Es ergab sich MJKMDS. Christian versuchte, diesen Buchstabensalat auszusprechen, und kicherte: »Hallo, MJKMDS, wie geht's dir?«

Auch Ursula lächelte: »Das klingt lustig, enthält aber etwas ganz Wichtiges. Eigentlich das Wichtigste überhaupt, wenn man Geheimschriften richtig verstehen will.« Sie nahm ein Blatt und sagte: »Es gibt immer einen, der verschlüsselt. Den nennt man ›Sender‹«, sie schrieb das links auf das Blatt, »und einen, der entschlüsselt, den ›Empfänger‹«, das schrieb sie rechts auf das Blatt und malte einen Pfeil vom Sender zum Empfänger. »Beide haben irgendeine Verschlüsselungsmethode, zum Beispiel eine solche Cäsar-Maschine. Und dann gibt es noch etwas, über das sie sich zuvor einigen müssen, in unserem Fall die Einstellung der Scheiben. Das nennt man den ›Schlüssel‹. Beide brauchen den gleichen Schlüssel, der eine zum Verschlüsseln, der andere zum Entschlüsseln.« Sie schrieb über Sender und Empfänger jeweils ›Schlüssel‹ und umkringelte das Wort.

Christian fand das ein bisschen langweilig, und seine Gedanken begannen abzuschweifen. »Was soll daran so besonders sein? *Ist doch klar!*« Mit diesem Satz hatte er seine Lehrer schon manchmal zur Verzweiflung gebracht. Wenn ein Lehrer eine Sache lang und breit erklärt hatte und am Ende erwartete, dass alle erfreut zu ihm aufschauten, dann sagte Christian trocken und leise, aber so, dass alle es hörten: »Ist doch klar!«

Ursula ließ sich nicht provozieren: »Das ist deshalb so wichtig, weil wir damit sagen können, ob unser Code sicher ist. Beziehungsweise, wie sicher er ist.«

Dieser Gedanke war neu für Christian: »Was soll das bedeuten?«

»Es gibt noch eine dritte Person, die in dem Verschlüsselungsspiel mitspielt, nämlich den Angreifer. Also jemand, der den Geheimtext entziffern möchte, obwohl er das nicht soll.« Sie suchte etwas: »Hast du einen Rotstift?«

Christian hatte Filzstifte in allen Farben dabei.

Ursula nahm den roten Filzstift und schrieb über den Pfeil zwischen Sender und Empfänger ›Angreifer‹. Sie erklärte: »Der Angreifer kennt den Schlüssel nicht. Im Fall des Cäsar-Codes weiß er also nicht, welche Einstellung der Scheiben Sender und Empfänger vereinbart haben. Trotzdem möchte er den Klartext herausbekommen.«

»Da muss er ganz schön schlau sein.«

»Kommt drauf an«, bremste Ursula, »manchmal ist es ganz einfach. Dann ist der Code unsicher. Manchmal ist es richtig schwierig. Dann ist der Code sicherer. Und manchmal geht es gar nicht. Dann ist es ein unknackbarer Code.«

»So was gibt's?«, staunte Christian.

»So was gibt es. Das erkläre ich dir später mal. Wir haben ja noch viel Zeit.« Richtig, es war immer noch der erste Tag der Sommerschule. »Nur noch eine Frage: Ist der Cäsar-Code sicher? Würdest du ihn verwenden, um ganz geheime Sätze zu verschlüsseln?«

Christian dachte an die Postkarte im Rucksack und sagte: »Na ja, man müsste die Einstellung der Scheiben herausbekommen.«

»Richtig. Und wie bekommst du sie raus, wenn du sie nicht kennst?«

Christian war sich unsicher: »Ich könnte es einfach mit einer probieren. Vielleicht habe ich Glück.«

Erstaunlicherweise sagte Ursula: »Sehr gut! Genau so macht man es.« Christian schaute ungläubig. »Was machst du, wenn du bei dieser Einstellung keinen vernünftigen Klartext erhältst?«, fragte sie weiter.

»Dann probier ich eine andere Einstellung.«

»Richtig. Und wenn die nichts Vernünftiges ergibt, probierst du noch eine. Und so weiter. Wie viele Einstellungen musst du höchstens ausprobieren?«

Das wusste er: »So viele, wie es Buchstaben gibt, also 26.«

»Genau. Und das ist nicht viel.« Sie überlegte: »Warte mal kurz. Ich schreibe dir einen Satz auf, und wenn du Lust hast, kannst du den bis zum Abendessen entschlüsseln.«

Sie setzte sich auf ihr Bett, überlegte eine Weile, kritzelte herum, schrieb dann etwas auf einen Zettel, gab ihn Christian und sagte: »Das meine ich wirklich!«

Auf dem Zettel stand: MD KRBC NRW CXUUNA SDWPN!

Zahlenzauberer

»Du darfst noch ein bisschen aufbleiben. Hier bist du einer von uns.«

Großartig. Als ob Christian schon um neun Uhr ins Bett müsste. Vor allem in den Ferien.

»Wir sitzen noch im Frühstücksraum zusammen«, forderte Ursula ihn auf. Ganz in der Nähe ihres Zimmers, auf derselben Ebene, nur durch einen kleinen Gang getrennt, befand sich ein großer Aufenthaltsraum. In der Mitte befanden sich einige Tischgruppen; auf dem Büfett an der Wand waren schon die Teller und Tassen fürs Frühstück aufgetürmt.

Schon bevor sie den Raum betreten hatten, hörten sie fröhliche, laute Stimmen. Die Teilnehmer der Sommerschule saßen und standen in kleinen Gruppen beieinander, unterhielten sich und gestikulierten heftig. Christian hatte schon bemerkt, dass Italiener beim Reden immer ihre Hände benutzen, um das Gesagte gestisch zu verdeutlichen.

An einem Tisch teilte jemand Spielkarten aus und erzählte eine Geschichte; an einem anderen Tisch schrieben einige eifrig mit, während einer einen Zaubertrick mit Zahlen vorführte; am Fenster stand eine Gruppe, die seltsame Bewegungen mit ihren Fingern machte und dabei laut lachte. Es ging zu wie auf einem Jahrmarkt.

Alle waren intensiv bei der Sache. Fast alle. Gerade nämlich verließen Professor Primo, wie immer milde lächelnd, und seine Assistentin – das orangefarbene Manuskript fest an die Brust gepresst – den Raum. Das schien aber keinem außer Christian aufzufallen.

Ursula erklärte, was die Teilnehmer der Sommerschule trieben. »Das sind alles Leute, die sich viel mit Zahlen und ihren Eigenschaften beschäftigen. Sie zeigen sich gegenseitig ihre Tricks. Mir kommt es vor wie ein Club der Zahlenkünstler.«

Am Tisch rechts außen saßen Laura, Giorgio und Giovanni. Christian und Ursula wurden gerne in die Runde aufgenommen. Als einziges Kind in der Sommerschule fiel er nicht nur auf, sondern wurde von allen Seiten verhätschelt.

»*Vi mostro una cosa …*«, da fiel Laura ein, dass Christian ja kein Italienisch konnte. Sie sagte: »*Attenzione!*« Das verstand er. Sie schrieb eine sehr lange Zahl auf ein Blatt Papier, wobei sie eine der Ziffern durch ein Fragezeichen ersetzte:

27845?431

»*Un numero.*« Gut, eine Zahl. »*Divisibile per 9.*« Ursula assistierte: »Diese Zahl soll durch 9 teilbar sein.« Christian hatte schon kapiert, worin seine Aufgabe bestand: Welche Ziffer musste er anstelle des Fragezeichens schreiben, damit die gesamte Zahl durch 9 teilbar war? Aus der Schule wusste er: Wenn die Quersumme durch 9 teilbar ist, dann lässt sich auch die Zahl durch 9 teilen. Er rechnete die Summe der Ziffern im Kopf aus: $2 + 7 + 8 + 4 + 5 + 4 + 3 + 1 = 34$. Die nächste Neunerzahl ist 36, zu ihr fehlen 2. Also strich er stolz das Fragezeichen durch und schrieb an diese Stelle die Zahl 2. Ein allgemeines »Bravo«-Geschrei war die Folge. Giorgio meinte: »*Un piccolo matematico!*«

Laura sagte: »Giovanni has a good trick.«

Dieser versuchte es auf Englisch: »Write a number with 4 digits!« Eine vierstellige Zahl sollte er schreiben. Gut:

2806

Sein Geburtstag. Jetzt sollte er die Zahl umdrehen und die umgedrehte Zahl direkt dahinter setzen.

28066082

»*Bene!*« Giovanni machte eine großartige Geste, rief »Magic!« und behauptete, diese Zahl sei durch 11 ohne Rest teilbar. Laura gab Christian ihren Taschenrechner, er tippte die Zahl ein und teilte sie durch 11.

Das Ergebnis war 2551462. Ohne Komma. Also ging es tatsächlich genau auf.

Als sie sein verdutztes Gesicht sahen, brüllten alle erneut los, und er verstand überhaupt nichts mehr. Nachdem sie sich etwas beruhigt hatten, übersetzte Ursula das Wesentliche: »Dieser Trick funktioniert immer. Bei jeder Zahl. Das ist das Phänomenale an der Mathematik: Es funktioniert immer. Und wir wissen es von vornherein.«

Jetzt verschaffte sich Giorgio Gehör. »Weißt du, welche meine Lieblingszahl ist?« Nein, natürlich nicht. »37. Und möchtest du auch wissen, warum? Ich sag's dir. Weil man mit ihr so gut rechnen kann. Was ist 37 mal 3?«

Das ging im Kopf. »30 mal 3 ist neunzig. 7 mal 3 ist 21, zusammen also 111.«

»Genau. Und was ist 37 mal 6? – Nein, nicht rechnen«, rief er, als er sah, dass sich Christian wieder den Kopf zerbrechen wollte. »*Matematica è l'arte di non fare calcoli.*« Ursula übersetzte: »Mathematik ist die Kunst, Rechnungen zu vermeiden.« Giovanni half ihm, indem er auf das Blatt Papier schrieb:

$$37 \cdot 3 = 111$$
$$37 \cdot 6 =$$

Aha, das ist das Doppelte von $37 \cdot 3$, also 222. Giorgio war glücklich, dass Christian das verstanden hatte, und setzte die Reihe fort:

$$37 \cdot 3 = 111$$
$$37 \cdot 6 = 222$$
$$37 \cdot 9 = 333$$
$$37 \cdot 12 = 444$$
$$37 \cdot 15 = 555$$
$$37 \cdot 18 = 666$$
$$37 \cdot 21 = 777$$
$$37 \cdot 24 = 888$$
$$37 \cdot 27 = 999$$

Christian war beeindruckt. Auf Englisch sagte er: »A very interesting number!«

Plötzlich hörte Christian ganz nah hinter sich eine fremde Stimme. Er drehte sich um und sah *il brutto*, der sich unbemerkt zu ihnen gesellt haben musste. »Ich habe auch einen Trick«, rasselte er. Er nahm das Papier, griff nach dem Stift, der hinter seinem Ohr steckte, und schrieb eine Zahl auf:

368942?860

Offenbar so etwas Ähnliches wie der erste Trick von Laura.

»Welche Ziffer?« An dieser Stelle unterbrach er sich und sagte: »Es ist wichtig, zwischen Ziffer und Zahl zu unterscheiden. Ich habe den Eindruck, dass das in dieser Sommerschule bislang nicht immer korrekt gemacht wird.« Christian hatte den Eindruck, dass das im Augenblick niemanden interessierte.

»Nun gut. Also, welche Ziffer muss man anstelle

des Fragezeichens schreiben, damit die ganze Zahl durch 10 teilbar ist?«

Alle waren verblüfft, und infolgedessen herrschte zum ersten Mal an diesem Abend Schweigen. Christian dachte: Was für eine doofe Frage! Denn ob die Zahl durch 10 teilbar ist, hängt ja gar nicht von dem Fragezeichen ab, sondern nur von der letzten Ziffer. Weiß doch jedes Baby.

Il brutto aber wollte von Christian eine Antwort hören: »Also noch mal, welche Zahl …«

»Ich hab's kapiert«, unterbrach Christian, der manchmal sehr schroff sein konnte: »Man kann hinschreiben, was man will.«

»Sehr gut. Das ist eine wichtige mathematische Erkenntnis.«

Offenbar holte er zu einer längeren Rede aus, aber Ursula ergriff die Chance und sagte: »Ich bring dich auf unser Zimmer.«

Christian sagte »*Grazie*« und »*Buona notte!*« in die Runde und verließ mit Ursula den Raum.

»Ich wollte dich bloß retten.«

»Ich glaube, *il brutto* hat das Spiel nicht verstanden.«

»Ich glaube eher«, sagte Ursula, »dass er ein anderes Spiel spielt.«

»Was soll das heißen?«, fragte Christian erstaunt. Aber Ursula tat so, als ob sie seine Frage nicht gehört hätte. Auch gut. Er würde schon noch dahinterkommen.

Der Schrei

Christian zog sich im Dunkeln aus. Ursula hatte ihm eingeschärft, ja kein Licht zu machen, denn sonst kämen unweigerlich die Moskitos, und die würden sie die ganze Nacht über quälen.

Er sagte noch schnell seinem Schmusehund gute Nacht. Als er dann ruhig auf dem Rücken lag, wurde ihm die unglaubliche Stille bewusst, die hier herrschte. Die wenigen Geräusche, die an sein Ohr drangen – das Knacken der Balken, das Rascheln des Leintuchs, mit dem er sich zugedeckt hatte, das grelle Zirpen der Grillen –, machten die Stille nur noch deutlicher.

Wie viele Menschen hatte er heute kennengelernt? Die grell Lackierte, die schwarze Frau, die freundliche Laura, den witzigen Giorgio, den ernsten Giovanni, den unheimlichen *il brutto,* die unnahbare Giustina und den Professor, den er noch gar nicht einschätzen konnte. Dazu die Mathematik, die Zahlen, in denen anscheinend viele spannende Geheimnisse steckten. Und alle Teilnehmer der Sommerschule waren darauf bedacht, diese Geheimnisse weiterzugeben. Jedenfalls fast alle.

Christian drehte sich um, legte den Kopf auf seinen ausgestreckten Arm und schlief ein. Einschlafen war kein Problem für ihn, schon gar nicht nach einem langen Tag wie heute, an dem er so viel erlebt hatte. Es war ja immer noch Montag!

Wie lange er geschlafen hatte, wusste er nicht, es interessierte ihn auch nicht. Denn ein furchtbarer Schrei erfüllte das Haus – schrill, hoch und lang. Ein Schrei aus tiefster Not, der nicht aufhören wollte!

Christian blickte nach rechts: Ursula war nicht da, ihr Bett war unberührt.

Er sprang aus seinem Bett, rannte zur Tür und riss sie auf. Einige Teilnehmer der Sommerschule waren schon auf dem Flur. Offenbar der harte Kern. Jetzt hörten es alle: Der Schrei kam aus Giustinas Zimmer.

Jemand klopfte an ihre Tür. Ein anderer schrie etwas, was wahrscheinlich »Aufmachen« hieß. Giorgio drückte die Türklinke, die Tür war nicht abgeschlossen. Alle drängten in das Zimmer. Christian drängte sich zwischen den Beinen der Großen nach vorne.

Der Schrei kam von links, aus dem Bad. Da sahen sie Giustina. Sie stand splitternackt in der Dusche, den Rücken an die Wand gepresst. Mit einer Hand hielt sie ihren Bauch, mit der anderen deutete sie in die gegenüberliegende Ecke. Und schrie.

Irgendetwas musste in der Ecke sein.

Giovanni hatte den Überblick und wusste, was sich gehörte. Er reichte Giustina ein Handtuch, die jedoch so starr vor Schreck war, dass sie es einfach in der Hand hielt.

Dann drängte sich Giorgio nach vorne, schaute in die Ecke, in die Giustina zeigte, sah etwas, zuckte zurück, richtete sich auf und sagte: »*Ah, un scorpione!*« Dabei blitzten seine Augen, und seine Stimme klang fast begeistert.

Christian hatte nicht den Eindruck, dass diese Aussage beruhigend auf Giustina und die anderen wirkte. Aber alle drängten jetzt nach vorne und wollten das Biest sehen.

Giorgio reagierte schnell, holte eine Zeitung, rollte diese zu einem Rohr zusammen und wollte das Tier damit erschlagen. Doch da schrien alle Frauen auf.

Giovanni beherrschte die humane Variante: Er holte ein Trinkglas und ein Stück Pappe, setzte das Glas vorsichtig, aber entschieden über den Skorpion, schob die Pappe darunter, hob das Glas mit der Pappe auf, zeigte es stolz herum und trug es zum Fenster. »Nein, nicht hier«, brüllte Giustina – also trug er es zu einem Fenster im Frühstücksraum und schleuderte das Tier mit Schwung in die Nacht hinaus.

Irgendwie hatte Giustina inzwischen Hose und Pullover gefunden und sich notdürftig wieder angezogen. Es hielt sie aber nicht in ihrem Zimmer: »Ihr müsst nachschauen, ob noch mehr da sind. Aber ganz genau!«

Christian half mit. Er wusste zwar nicht, wo sich Skorpione am liebsten verstecken, aber im Prinzip war das Zimmer leicht zu durchsuchen. Sie schauten in alle Winkel, unter das Bett, unter den Schrank. Auf dem Tisch befanden sich nur die Unterlagen der Sommerschule und ein Stapel von drei, vier Büchern. Der Schrank war voll mit Wäsche. Auf dem Nachttisch stand ein Radiowecker. Das Bett war noch nicht aufgeschlagen, darauf lagen zusammengeheftete bedruckte Blätter und daneben der orangefarbene Umschlag. Das also war das berühmte Manuskript! Ferner einige Blätter mit vielen handschriftlichen Formeln und Zahlen, zum Teil wieder durchgestrichen. Vermutlich, dachte Christian, arbeiten die Mathematiker so, wenn sie etwas herausbekommen oder den Gedanken eines anderen Mathematikers verstehen wollen. Einen Skorpion fanden sie nicht.

Sie gingen in den Aufenthaltsraum zurück, wo

Giustina zusammengekauert saß. Trotz der Hitze zitterte sie am ganzen Körper und nippte nur ab und zu an einem Glas Wasser. Sie meldeten, dass sie nichts gefunden hätten. »Habt ihr auch ganz genau geschaut?«, fragte Giustina ängstlich.

»Natürlich. Es ist garantiert kein Lebewesen in deinem Zimmer«, sagte Giovanni mit Nachdruck.

Aufgeregt erzählte Giustina, was passiert war: »Professor Primo war in meinem Zimmer und …«

Da wurde sie unterbrochen. Von allen unbemerkt war der Professor zu ihnen gestoßen. Er korrigierte sie lächelnd: »Giustina hatte mich gebeten, ihr eine Argumentation in dem Manuskript zu erläutern. Es handelt sich dabei …«, wollte er fortfahren, aber das interessierte im Augenblick niemanden. Giustina musste ihr Erlebnis loswerden: »Anschließend ging ich ins Bad und wollte duschen, um mich ein bisschen abzukühlen, damit ich bei dieser Hitze überhaupt schlafen kann. Gerade als ich mir das Handtuch holen wollte, sah ich das Biest in der Ecke sitzen. Es saß einfach da, bewegte sich nicht und starrte mich immer nur an.«

Sie holte zweimal tief Luft und sagte dann leise: »Ich danke euch, dass ihr mich gerettet habt.«

Giorgio konnte es nicht lassen, sie ein wenig aufzuziehen: »Ich habe heute Abend eine ganze Skorpionfamilie gesehen. Sie ist die Treppe heraufgekrabbelt. Vater und Mutter voraus und fünf kleine Skorpionkinder hinterher.«

Giovanni unterbrach ihn und versuchte, Giustina zu beruhigen: »Diese Biester sind vielleicht ekelhaft, aber nicht gefährlich. Jedenfalls nicht sehr.« Und dann ließ er sich doch von Giorgio anstecken: »Jedenfalls nicht so gefährlich wie die aus Afrika!« Mit seinen Händen deutete er an, dass die afrikanischen Skorpione mindestens die Größe eines Pastatellers haben.

Laura und Ursula merkten, dass es jetzt für alle Zeit war: »Ich denke, wir sollten uns schlafen legen. *Buona notte!*«

Als sie beide im Bett lagen, meinte Ursula: »Es tut mir leid für Giustina. Obwohl sie eine Zimtziege ist.«

Solche Wörter benutzt Ursula manchmal, dachte Christian: ›Klasse‹, ›Das Phänomenale‹, ›Zimtziege‹. Klingt ein bisschen verstaubt, wie von früher. Aber Ursula ist schon o.k.

Nach Cortona

Als Christian am nächsten Morgen aufwachte, blieb er noch eine Weile mit geschlossenen Augen im Bett liegen.

Auf seinem Gesicht spürte er die helle, gleißende Sonne, die zum Fenster hereinschien. Offenbar hatte Ursula die Läden schon geöffnet. Aus dem Bad hörte er Geräusche. Ursula duschte.

Als sie ins Zimmer trat, sagte sie: »Guten Morgen! Weißt du, wie spät es ist?« Nein, aber das war ihm auch egal, er war ja schließlich in den Ferien. Außerdem wusste er, dass er im Bad blitzschnell fertig war.

Dann gingen sie gemeinsam zum Frühstück. Im Gegensatz zum Mittag- und Abendessen war das Frühstück nicht üppig. Die Brötchen waren hart, man konnte sie kaum aufschneiden. Trotzdem schaffte er es, ein wenig Marmelade darauf unterzubringen. Die

Erwachsenen tranken alle Kaffee; zum Glück gab es auch Orangensaft.

Bei all den Aufregungen hatte Christian vergessen, Ursula zu erzählen, dass er mit der »Lackierten« – wie lautete eigentlich ihr richtiger Name? – nach Cortona fahren würde.

Ursula hatte nichts dagegen. Sie ging aber noch einmal auf das Zimmer und brachte ihm ein Blatt Papier mit: »Falls ihr irgendwo warten müsst, kannst du ja versuchen, diesen Code zu knacken. Es ist kein Cäsar-Code, ein bisschen schwieriger. Vielleicht schaffst du es. Wenn nicht, kann dir ja dein Dreikommavierzehn helfen.«

Wollte sie ihn ärgern? Christian faltete das Blatt kommentarlos zusammen und verstaute es in seiner Hosentasche.

Nun sauste er durch die verwinkelten Gänge zum Tagungsbüro, wo ihn die Lackierte erwartete. Sie sagte, dass sie in wenigen Minuten fertig sei und er schon mal nach draußen gehen solle.

Da es noch früh am Morgen war, war die Hitze noch erträglich. Jetzt erst entdeckte er die Pflanzen beim Hoftor, die ihm gestern nicht aufgefallen waren. Neben einer ungepflegten Gruppe von Bäumen und Sträuchern stand ein blühender Kaktus, der so hoch war, dass Christian zu ihm aufsehen musste. Außerhalb des Schlosshofs, auf der anderen Seite der Straße, wuchs eine ganze Kakteenhecke.

Er hörte eine weibliche Stimme »Christian!« rufen

und ging zurück in den Hof zu den dort geparkten Autos. Dort stand sie schon und stellte sich vor: »*Mi chiamo Marisa*«, und als sie merkte, dass er das nicht verstand, sagte sie: »Du Christian, ich Marisa!« Dann zeigte sie auf ihr Auto und sagte voller Stolz: »*Mia Cinquecento!*«

Das Auto war winzig und sah von außen wie ein Mini-Oldtimer aus. Als er auf dem Beifahrersitz Platz nahm, merkte er, dass es sich um eine bessere Blechbüchse handelte. Er war einmal mit einem VW Käfer gefahren, aber dieser Fiat 500 war noch eine Stufe einfacher gebaut. Er hatte den Eindruck, nur fünf Zentimeter über dem Erdboden zu sitzen. Das Armaturenbrett war äußerst sparsam ausgestattet: Neben dem Tacho sah er nur zwei Kippschalter, vermutlich für Licht und Scheibenwischer. Beides brauchte man heute nicht.

Marisa kurbelte alle Fenster herunter; der Motor sprang erst beim dritten Versuch an. Sie parkte geschickt aus, bog rechts ab und fuhr ruckelnd auf die Straße nach Cortona. Man spürte jede Unebenheit und jeden Stein. Christian sah, dass sich die Nadel des Tachos nicht bewegte, sondern konstant auf Null blieb. Anscheinend reichte seiner Fahrerin die gefühlte Geschwindigkeit.

Marisa schaute zu ihm herüber. Was sollte er mit ihr reden? Und in welcher Sprache? »Eine sehr interessante Sommerschule«, versuchte Christian einen Anfang.

»*Vero!* Ja! Ich helfe bei vielen Sommerschulen. Die beginnen im Frühjahr und gehen bis in den Herbst.« Marisa sprach Deutsch, sie musste die Wörter suchen, aber es war verständlich.

»Heißen die dann Frühjahrsschule oder Herbstschule?«

Marisa lachte: »Nein. Einfach immer Sommerschule. Sie dauern zwei Wochen, also machen wir in jedem Monat zwei. Aber diese ist wirklich interessant.«

»Inwiefern?«

»Ich schaue mir immer die Menschen an.« Das hätte er von Marisa nicht erwartet. Er dachte, dass sie sich nur mit sich selbst beschäftigen würde. Andererseits war sie ja auch zu ihm freundlich gewesen. Vielleicht täuschte er sich in ihr!

Sie fuhr fort: »Auf dieser Sommerschule sind die Teilnehmer sehr interessante Menschen.«

Christian schaute sie fragend an. »Normalerweise kommen nur Menschen von den verschiedenen Universitäten«, erklärte sie. »Professoren, Assistenten und Studenten. Oft auch aus dem Ausland, aus England, Frankreich, Deutschland. Deswegen verstehe ich all diese Sprachen.«

»Und was für Menschen sind auf unserer Sommerschule?«

»Diesmal gibt es viele andere Menschen. Zum Beispiel dich!« Dabei strahlte sie ihn an, obwohl die Straße gerade eine Kurve machte.

»Natürlich kommen viele Teilnehmer von Universitäten, die meisten sind Assistenten und arbeiten an ihren ersten wissenschaftlichen Untersuchungen. Zum Beispiel Giorgio und Laura. Aber nicht alle. Einige kommen aus der Industrie, und andere sind von der Regierung.«

Christian stellte fest, dass er nicht wusste, woher Ursula kam. »Und weshalb kommen sie?«

»Ganz klar wegen der Codes. Der Professor hat angekündigt, dass er eine Methode zum Codeknacken vorstellen wird. Alle sind ganz aufgeregt und wollen dabei sein, wenn das zum ersten Mal öffentlich dargestellt wird.«

Sie erreichten jetzt Cortona, die Straßen wurden enger, der Verkehr nahm zu, und Marisa musste sich konzentrieren. Aber das hielt sie nicht davon ab weiterzureden. »Wen ich gar nicht einordnen kann, ist dieser Detlef.«

Detlef? Wer sollte das sein? Sie erzählte weiter: »Ich finde ihn eigentlich ganz nett. Seine Ideen sind ungewöhnlich und originell. Natürlich könnte er ein wenig mehr auf sein Äußeres achten.«

Sie waren am Ziel angekommen. Marisa fuhr mit Schwung in eine winzige Parklücke. Das war der Vorteil eines kleinen Autos.

Beim Aussteigen fragte Christian: »Detlef, ist das der mit den schwarzen Haaren?«, und machte sein bucklige Haltung nach.

Marisa sah ihn an: »Ja, genau den meine ich.«

Christian wunderte sich. Marisa und Detlef, *il brutto!* Einen größeren Gegensatz konnte er sich kaum vorstellen. Aber Marisa war die Einzige, die Detlef mit seinem richtigen Namen nannte.

Code knacken

»Als Erstes gehen wir zum Ristorante Da Tonino«, sagte Marisa. »Wir besprechen das conference dinner.«

»Das was?«

Sie schaute ihn an: »Es ist fast das Wichtigste der ganzen Tagung. Am letzten Donnerstag der Sommerschule treffen sich alle zu einem festlichen Abendessen. Alle sind glücklich. Die Teilnehmer, weil sie etwas gelernt haben, die Professoren, weil sie viele junge Menschen für die Wissenschaft begeistern konnten. Außerdem haben viele neue Freunde gewonnen. Und alle sind auch froh, dass sie es geschafft haben. Darum feiern wir.«

Sie erreichten einen großen Platz, die Piazza Garibaldi. Marisa zeigte auf einen roten Briefkasten, und Christian warf seine Postkarte hinein.

Dann führte Marisa ihn an eine Balustrade auf der anderen Seite der Piazza und zeigte ihm stolz den phantastischen Ausblick. Eine weite Ebene öffnete sich vor ihnen. Er sah Felder und Wiesen in verschiedenen Grüntönen und, als Marisa ihn darauf hinwies, auch eine große blaue Fläche am Horizont, den Lago Trasimeno.

Jetzt wandten sie sich nach rechts zum Ristorante. Der Wirt begrüßte Marisa herzlich und erkannte Christian sofort: »*Nostro piccolo matematico!*« Jetzt wusste auch Christian, wer der Mann war: Er hatte das Mittagessen im Schloss ausgeteilt.

»*Qualcosa da bere?*«, fragte der Wirt, und bevor Marisa übersetzen konnte, fuhr er fort, »*una coca?*«, verschwand kurz und brachte ein Glas Cola.

Nachdem sie eine Weile geschwätzt hatten, sagte Marisa: »Ich muss jetzt mit dem Wirt das Dinner durchsprechen. Diesmal wollen wir es besonders gut machen. Wenn wir so eine Berühmtheit wie Professor Primo hier haben, wollen wir, dass alles perfekt klappt. Das dauert ein bisschen. Wenn du möchtest, kannst du dich in der Zwischenzeit nach draußen setzen.«

Christian ging zurück auf den Platz. Unter den Bäumen gab es guten Schatten. Er setzte sich auf eine Bank, schaute ins Land und träumte eine Weile vor sich hin.

Dann erinnerte er sich an Ursulas Aufgabe. Auf dem Blatt, das Ursula ihm zugesteckt hatte, stand nur Buchstabensalat. Ganz sicher ein Geheimcode:

G C Q N S G C Q B E N B F T Q U J P,
T B S W S D Q Z U V S O P Q S N S J.

Ursula hatte ihm verraten, dass es kein Cäsar-Code war. Also brauchte er das gar nicht auszuprobieren. Aber was dann? Sicherlich waren die einzelnen Abschnitte Wörter.

Zwei davon, nämlich UJP und TBS, hatten nur drei Buchstaben. Er schrieb einige Wörter mit drei Buchstaben auf: DER, DIE, DAS, EIN, NUN, DIR, MIR, WIR. Mist, das waren doch viele. Viel zu viele, um alle auszuprobieren.

Ursula hatte was von Dreikommavierzehn gemurmelt. Konnte der ihm helfen? Er stellte ihn sich genau vor. Er sah den runden Kopf, die vierzehn Augen und die lächerlichen drei Haare, die in die Höhe standen. Auch die Nase erkannte er deutlich.

War es nur Einbildung? Oder sprach Dreikommavierzehn wirklich zu ihm? Allerdings so leise, dass Christian genau hinhören musste. »Was ist der häufigste Buchstabe?«, glaubte er zu hören.

Der häufigste Buchstabe im Deutschen ist das E, das

wusste er. Da gab ihm Dreikommavierzehn noch einen Tipp: »Der häufigste Buchstabe im Geheimtext?«

Klar! Das war die Idee! Der häufigste Buchstabe im Geheimtext musste dem E entsprechen. »Danke, Dreikommavierzehn!«, dachte Christian, während er schon zählte: Das S kam sechsmal, das Q fünfmal vor, die anderen Buchstaben höchstens dreimal.

Wenn das S in Wirklichkeit E bedeutete, dann war TBS ein dreibuchstabiges Wort mit einem E am Ende – es musste also das Wort DIE sein. Folglich musste T gleich D und B gleich I sein.

Jetzt wusste er, dass er es schaffen konnte. Daher begann Christian nun, systematisch zu arbeiten. Er setzte sich aufrecht hin, drehte das Blatt um und malte auf die Rückseite ein Schema, mit dem er die Geheimschrift entschlüsseln konnte. Dazu machte er für jeden Buchstaben einen Strich. Er trug überall dort, wo im Geheimtext S stand, ein E ein und dort, wo ein T oder ein B stand, schrieb er D beziehungsweise I:

_ _ _ _ E _ _ _ I _ _ I _ _ _ _ _ _,
D I E _ E _ _ _ _ _ E _ _ _ E _ E _.

Das sah jetzt aus wie ein angefangenes Kreuzworträtsel. Nur dass er noch nicht einmal wusste, was die Wörter bedeuten sollten.

Da meldete sich Dreikommavierzehn noch einmal. Wieder glaubte Christian eine Frage zu hören: »Was macht ihr auf der Sommerschule?«

Christian fragte in Gedanken: Zahlen? Dreikommavierzehn schaute nur kritisch. Klar, das Wort ›Zahlen‹ passte nicht in das Schema. Codes? Auch das funktionierte nicht. Mathematik? Die vierzehn Augen des Rundkopfs blinzelten.

Christian probierte es aus: MATHEMATIK passte genau als erstes Wort, und damit waren auch an anderen Stellen die Buchstaben H und T klar:

MATHEMATIK HI__T ___,
DIE _E_T __ _E__TEHE_.

Den Rest musste er jetzt eigentlich ohne Dreikommavierzehn schaffen. Der letzte Buchstabe sah nach N aus. Dadurch wurde das J aus UJP zu N, und das entschlüsselte Wort musste UNS sein. Er trug die Buchstaben ein:

MATHEMATIK HI__T UNS,
DIE _E_T _U _E_STEHEN.

Jetzt war es einfach: Das letzte Wort lautete im Klartext VERSTEHEN und das Wort davor ZU. Als er das geschrieben hatte, wurde ihm auch der Rest klar:

MATHEMATIK HILFT UNS,
DIE WELT ZU VERSTEHEN.

Christian war stolz auf sich. Dann las er den Satz noch einmal: »Mathematik hilft uns, die Welt zu verstehen.« Typischer Ursula-Satz, dachte er. Und typisch, dass sie ihn nur verschlüsselt aufgeschrieben hatte.

Er steckte den Zettel ein und schlenderte ins Restaurant zurück. Marisa und der Wirt hatten ihre Arbeit beendet und tratschten nur noch miteinander. Als sie Christian sahen, merkten sie, wie viel Zeit inzwischen vergangen war, und verabschiedeten sich.

»Womit hast du dich denn in der Zwischenzeit vergnügt?«, fragte Marisa, als sie zum Auto gingen.

Christian zögerte, ob er Marisa davon erzählen sollte. »Ich habe einen Code geknackt, den mir Ursula heute früh gegeben hat.« Dass ihm Dreikommavierzehn den entscheidenden Tipp gegeben hatte, musste sie ja nicht wissen.

»Wow!«, ihre Bewunderung war echt, »dann kannst du bald bei unseren staatlichen Codeknackern eintreten. Die halten dauernd Ausschau nach intelligenten jungen Männern.«

Christian hörte nur mit halbem Ohr zu. Er war nämlich auf die Idee gekommen, mit diesem Code einen Brief an seinen Vater zu schreiben. Er konnte sich kaum vorstellen, dass sein Vater die Geduld aufbrachte, den Code zu knacken. Außerdem hatte er ja auch keinen Dreikommavierzehn. Aber vielleicht schaffte Papa es doch.

Eine Überraschung

Am Mittwoch begleitete Christian Ursula noch einmal zur Vorlesung von Professor Primo. Ursula hatte ihn fragend angeblickt, er hatte kurz ihren Blick erwidert und war mitgekommen.

Zunächst war es wie am Montag. Alle saßen erwartungsvoll und ruhig wie in der Kirche da. Und obwohl alle aufpassten, bemerkten sie nicht, dass Professor Primo den Raum betrat. Plötzlich war er da. Er lächelte, holte sich sein Stück Kreide, brach es in zwei Hälften, legte eine Hälfte zurück, blickte sie alle an, lächelte und sagte dann: »Today we have a surprise«, hier machte er eine Pause, »for our young German student.«

Es dauerte einen Augenblick, bis Christian merkte, dass damit er gemeint war. Eine Überraschung?

Solche Überraschungen liebte er überhaupt nicht. Am liebsten wäre er im Boden versunken!

»Nicht irgendeine Überraschung, sondern eine mathematische Überraschung.«

Christian wusste nicht, ob das eine gute oder eine schlechte Nachricht war. Professor Primo ließ sich nicht aus der Ruhe bringen. Er schaute Christian an und forderte ihn auf: »Wähle dir irgendeine Zahl zwischen 1 und 9, aber ohne sie mir zu verraten.«

Das ging ja noch. Er wählte die Zahl 7.

»Nun potenzierst du diese Zahl mit 5. Das heißt, du multiplizierst die von dir gedachte Zahl fünfmal mit sich selbst.« Der Professor versuchte, jedes mögliche Missverständnis auszuschließen: »Wenn du zum Beispiel die Zahl 3 gewählt hättest, dann müsstest du jetzt $3 \cdot 3 \cdot 3 \cdot 3 \cdot 3$ rechnen.«

Christian war klar, was er tun musste, aber die Rechnung war zu schwierig, um sie im Kopf auszuführen. Laura hatte einen Taschenrechner dabei, den sie ihm reichte. Christian tippte die Zahlen ein, und als das Ergebnis angezeigt wurde, nickte er.

»Und nun komm nach vorne und schreib die Zahl an die Tafel!« Der Professor nickte ihm zu. »Dann werde ich sofort in der Lage sein zu sagen, welche Zahl du zu Anfang gewählt hast. Ich kann also aus der Zahl, die du an die Tafel schreibst, sofort die fünfte Wurzel ziehen.«

Professor Primo hielt ihm sein noch unbenutztes Stück Kreide hin. Christian schrieb 16807 an die Tafel.

Wie aus der Pistole geschossen sagte der Professor: »Das ist einfach. Du hast die Zahl 7 gewählt.« Christian nickte. Die Zuhörer waren verblüfft und klatschten begeistert Beifall.

»Machen wir noch einen Versuch.« Er schaute eine Studentin aus der ersten Reihe auffordernd an. Sie hatte ihren Taschenrechner schon bereitgelegt, tippte Zahlen ein, stand auf und schrieb an die Tafel: 59049.

»Die fünfte Wurzel aus dieser Zahl ist 9«, sagte Professor Primo sofort.

Wieder bekam er den verdienten Beifall. Alle waren gespannt, wie dieser Trick funktionierte. Er enttäuschte sie nicht: »Ich muss dazu gar nichts rechnen, sondern schaue mir nur die letzte Ziffer an. Die letzte Ziffer der Zahl ist die Lösung. Zum Beispiel«, er legte offenbar Wert darauf, dass es jeder verstand, und deutete auf Christians Zahl, »die fünfte Wurzel aus 16807 ist ihre letzte Ziffer, also 7. Und die fünfte Wurzel aus 59049 ist die 9, weil das die letzte Ziffer ist.«

Ein allgemeines Raunen ging durch den Saal. Die Studenten wollten den Trick mit anderen Zahlen ausprobieren. Aber Professor Primo gönnte ihnen keine Pause: »Das liegt daran, dass jede Zahl dieselbe Einerziffer wie ihre fünfte Potenz hat.« Das schrieb er auch an die Tafel:

x und x^5 haben dieselbe Endziffer.

Jetzt war er richtig in Fahrt: »Man kann auch andere Hochzahlen verwenden, dann ist der Trick noch viel eindrucksvoller. Mit hoch 9 oder hoch 13 geht es genauso. Stets ist die Einerziffer die Lösung!« Er schaute Christian an: »Berechne doch mal deine Zahl hoch 13.« Mit dem Taschenrechner war es das Werk eines Augenblicks. Christian ging nach vorne und schrieb 96889010407.

»Sie sehen: Die letzte Ziffer ist 7. Daher ist die dreizehnte Wurzel aus dieser Monsterzahl gleich 7.«

»Mit welchen Hochzahlen geht das?«, traute sich Giorgio zu fragen.

Professor Primo lächelte und sagte nur: »5, 9, 13. Wie geht das weiter?«

Das wussten alle: 17, 21, 25 und so fort. »Wie lassen sich diese Zahlen allgemein ausdrücken?«, war seine nächste Frage.

Wieder traute sich Giorgio: »Das sind die Zahlen der Form $4k+1$, also Viererzahl plus 1.«

Professor Primo bestätigte: »Ja, 4 ist hier die magische Zahl«, und schrieb eine große 4 an die Tafel. Plötzlich wurde er ernst und sagte: »Dieser Trick ist ein Spezialfall eines wichtigen Satzes des berühmten Schweizer Mathematikers Leonhard Euler, der vor 250 Jahren gelebt hat. Für uns ist das der wichtigste Satz. Denn ohne diesen würden die modernen Geheimcodes nicht funktionieren! Sie funktionieren aufgrund der Zahlen und ihrer Eigenschaften, also der Zahlentheorie.« Er drehte sich zur Tafel und murmelte fast unhörbar: »Und vielleicht gehen sie durch die Zahlentheorie auch zugrunde.«

Er ließ die Zuhörer aber nicht zum Nachdenken kommen, sondern drehte sich wieder um und sagte: »Wir wollen wissen, was hinter diesem Trick steckt!«

Jetzt war die Einleitung vorbei, und es begann der systematische Teil. »Wir interessieren uns dafür, wie viele Zahlen es zu einer natürlichen Zahl n gibt, die kleiner oder gleich n sind und den größten gemeinsamen Teiler 1 mit dieser Zahl haben. Man nennt diese Anzahl ›phi von n‹.« Er schrieb groß $\varphi(n)$ an die Tafel.

»Zum Beispiel«, sagte er und schaute Laura auffordernd an, »was ist $\varphi(10)$?« Laura wiederholte die Definition: »Ich suche alle Zahlen, die den größten gemeinsamen Teiler 1 mit 10 haben und kleiner als 10 sind. Das sind die Zahlen 1, 3, 7 und 9. Alle anderen haben den größten gemeinsamen Teiler 2 oder 5 mit 10. Also sind es insgesamt 4 Zahlen. Und das heißt, $\varphi(10)$ ist 4.«

Professor Primo nickte, deutete nur mit seinem rechten Arm auf die bereits dort stehende 4 und umkringelte sie mit Kreide.

»$\varphi(15)$?« Giovanni meldete sich: »Die Zahlen 1, 2, 4, 7, 8, 11, 13, 14 haben den größten gemeinsamen Teiler 1 mit 15; das sind 8 Zahlen, also ist $\varphi(15) = 8$.«

Jetzt waren offenbar alle Vorbereitungen getroffen. Primo stand still und lächelte nicht mehr: »Der Satz von Euler sagt: Zu einer beliebigen natürlichen Zahl x bilden wir ihre Potenzen $x^{\varphi(n)+1}$, $x^{2\varphi(n)+1}$, $x^{3\varphi(n)+1}$, $x^{4\varphi(n)+1}$ und so weiter. Nun dividieren wir alle diese Zahlen durch n. Das wird nicht aufgehen, sondern es ergibt sich ein Rest. Für jede dieser Potenzen ein Rest.« Und unvermittelt brüllte er los: »Und alle diese Reste sind gleich!«

Offenbar war er selbst erschrocken über diesen Ausbruch, deshalb wiederholte er noch einmal fast genauso laut: »Alle diese Reste sind gleich!«

Er drehte sich zur Tafel und schrieb:

$$x \text{ und } x^{k\varphi(n)+1}$$

ergeben bei Division durch n den gleichen Rest.

Er fügte, immer noch erregt, hinzu: »Falls n ein Produkt von zwei verschiedenen Primzahlen ist, also eine der Zahlen ist, die uns besonders interessieren. Wie zum Beispiel 10. Diese Zahl ist 2 mal 5, also ein Produkt aus zwei verschiedenen Primzahlen.«

»Beispiel: $n = 10$.« Das kam wie ein Befehl. Giovanni fühlte sich aufgerufen und sagte: »Phi von 10 ist 4. Das bedeutet, dass x und x^{4+1}, also x^5, $x^{2\cdot 4+1}$, also x^9, allgemein $x^{k\cdot 4+1}$, dass alle diese Zahlen bei Division durch 10 den gleichen Rest ergeben.«

»Und da der Rest bei Division durch 10 einfach

die Einerstelle ist«, führte Laura den Gedanken fort, »haben alle diese Zahlen die gleiche Einerziffer.«

»*Il trucco dal inizio,* der Trick vom Anfang«, kapierte jetzt auch Giorgio.

Der Professor nahm die Zügel wieder in die Hand: »Die magische Zahl ist $\varphi(n)$. Diese kann man bestimmen, wenn man die Primzahlen kennt, die n teilen, und sonst nicht. Das alles wird euch heute Nachmittag Giustina im Detail erklären.« Diesen Satz kannten sie schon.

Christian hatte zwar nicht alles verstanden, aber auch er war beeindruckt von der perfekten Show des Professors, in der er sich als der wahre Zahlenzauberer zeigte.

Die Zuhörer wollten schon applaudieren, als sich aus der vorletzten Reihe eine schnarrende Stimme meldete: »I have a question.« Alle drehten sich um und sahen, dass sich *il brutto* zu Wort gemeldet hatte. Christian merkte, wie nicht nur er, sondern auch Ursula die Luft anhielt. »Es handelt sich um den Trick vom Anfang.« Der Professor schaute verwirrt, denn er war ja schon viel weiter. *Il brutto* ließ sich nicht aufhalten: »Was ist denn die fünfte Wurzel aus 6576?« Bei dieser Frage zog er am Ende die Stimme herausfordernd nach oben.

Vielleicht hatte gerade das Professor Primo gewarnt, vielleicht wusste er es einfach auch. Jedenfalls ließ er sich nicht aufs Glatteis führen und sagte:

»Die Wurzel ist nicht 6. Denn diese Zahl ist gar keine fünfte Potenz.«

»Ja«, näselte *il brutto* weiter, »man hätte sagen müssen, dass die Wurzel ganzzahlig sein soll, sonst geht es nicht.« *Il brutto* sprach weiter, Christian meinte, das Wort »Hochstapelei« zu hören, aber das ging im allgemeinen Aufbruchslärm unter. Der Professor hatte die Vorlesung überstürzt beendet, indem er zum Ausgang eilte, Giustina folgte ihm auf den Fersen, und alle anderen begannen, demonstrativ und mit viel Geräusch ihre Sachen zusammenzupacken.

Komisch, dachte Christian, *il brutto* ist ein bisschen nervig, aber hätte das sein müssen?

Codes und Zahlen

Nach dem Mittagessen und dem üblichen *caffè* ging Christian mit Ursula auf ihr Zimmer.

»Das mit den Geheimcodes habe ich kapiert«, behauptete Christian, »aber ich habe noch nicht verstanden, was die Codes mit den Zahlen zu tun haben, mit x^5 und so.«

»Das mit x^5 ist wirklich ein bisschen schwierig. Das erkläre ich dir später mal. Aber Zahlen sind einfach.«

Sie hatten ihr Zimmer erreicht, Ursula schloss auf, und sie setzten sich aufs Bett.

»Es gibt einen uralten Code, der ist noch älter als der Cäsar-Code. Bei dem wird jeder Buchstabe durch Zahlen dargestellt.«

»Das kenne ich«, rief Christian begeistert, »man

schreibt A=1, B=2 und so weiter und hat Zahlen statt Buchstaben.«

»Der Code, den ich meine, ist noch besser. Er stammt von dem griechischen Historiker Polybius, der sich vor über 2000 Jahren Folgendes ausgedacht hat. Zunächst hat er alle Buchstaben in ein quadratisches Schema geschrieben.«

Christian wollte schon loslegen und die Buchstaben aufschreiben, aber Ursula stoppte ihn. »Geht das auf?«, fragte Ursula, »kann man die 26 Buchstaben in ein quadratisches Schema schreiben?«

»26 ist schlecht. 25 wäre besser!«, sagte Christian und hatte auch gleich einen Vorschlag: »Wir lassen einfach einen Buchstaben weg, X oder Y braucht sowieso niemand. Dann kann man die 25 Buchstaben in 25 Kästchen schreiben.«

»Das ist eine Möglichkeit. Man kann aber auch zwei Buchstaben in das gleiche Kästchen schreiben. Oft identifiziert man I und J.«

Christian malte ein Schema mit fünf Zeilen und fünf Spalten und fügte dann die Buchstaben ein:

	1	2	3	4	5
1	A	B	C	D	E
2	F	G	H	I/J	K
3	L	M	N	O	P
4	Q	R	S	T	U
5	V	W	X	Y	Z

Ursula hatte die Zeilen und Spalten inzwischen mit den Zahlen 1, 2, 3, 4, 5 durchnummeriert. Sie erklärte: »Jeder Buchstabe wird ersetzt durch die Zahl, die links von ihm, und die Zahl, die über ihm steht. Jeder Buchstaben bekommt daher zwei Zahlen.« Sie fragte: »Welche Zahlen bekommt der Buchstabe C?«

Christian überlegt nur kurz: »1 und 3.«

»Ja«, bestätigte Ursula, »erst die Zeile, also die Zahl links, dann die Spalte, also die Zahl oben«, und sie machte es ganz deutlich: »C steht in der 1. Zeile und der 3. Spalte und hat daher den Code 1 3.« Dann fragte sie weiter: »Was ist H?«

Christian grinste nur: »2 3 und der dritte Buchstabe ist 4 2.«

Ursula stutzte, dann lächelte auch sie und sagte: »2 4.«

Christian hatte das Schema verstanden und schrieb: 1 3 2 3 4 2 2 4 4 3 4 4 2 4 1 1 3 3. Er lachte: »Wusste gar nicht, dass ich so heiße!«

Ursula sagte: »Großartig, wie schnell du das verstehst.« Sie machte eine Pause. Dann huschte ein Lächeln über ihr Gesicht, das sie nicht unterdrücken konnte: »Im Mittelalter haben Gefangene diesen Code benutzt, um sich zu verständigen. Sie klopften einfach die Zahlen gegen die Wand, und dann kannte jeder die Nachricht.«

Christian fasste das als Aufforderung auf, sprang hoch und pochte mit der Faust gegen die Wand: einmal, dreimal, zweimal, dreimal, … Auch Ursula sprang auf, zog ihn von der Wand weg und tadelte ihn: »Es ist doch Mittagsruhe!« Aber ihre Mundwinkel verrieten, dass auch sie Spaß daran hatte.

Ursula machte Anstalten, sich hinzulegen. Christian aber war noch nicht zufrieden: »Warum findest du meinen Code A = 1, B = 2 nicht gut? Damit stellt man doch auch Zahlen durch Buchstaben dar!«

»Das ist richtig«, gab Ursula zu.

Christian schrieb das Schema auf. Die Buchstaben oben und darunter die Zahlen:

A	B	C	D	E	F	G	H	I	J	K	L	M	N	O	P	Q	R	S	T	U	V	W	X	Y	Z
1	2	3	4	5	6	7	8	9	10	11	12	13	14	15	16	17	18	19	20	21	22	23	24	25	26

Christian merkte, dass Ursula müde war und sich hingelegt hatte. Er murmelte: »Ich finde das trotzdem gut. Denn Zahlen sind etwas Gutes.«

Da hörte er: »Warum?« Christian stutzte. Wer fragte das? Ursula hatte die Augen geschlossen. Es war auch nicht ihre Stimme. Er hatte Dreikommavierzehn gehört. Der war überhaupt nicht müde, sondern ungemütlich wach. Er blinzelte mit seinen vierzehn Augen: »Na, wozu sind Zahlen gut?«

Christian antwortete, ohne nachzudenken: »Weil man mit ihnen rechnen kann.«

»Genau.« Dreikommavierzehn war mit Christians Antwort zufrieden, beinahe zufrieden: »Was meinst du mit Rechnen?«

Das war einfach: »Plus und mal.«

Dreikommavierzehn brachte ihn wieder zum Thema zurück: »Durch Rechnen kann man wirklich gute Geheimcodes machen.«

Es dauerte einen Moment, aber dann hatte Christian eine Idee: »Ich könnte zu jeder Zahl etwas dazuzählen. Damit verändere ich die Zahlen. Das ist dann so, als würde ich die Buchstaben durch andere ersetzen.«

Dreikommavierzehn sagte noch immer nichts. Christian murmelte: »Ich probiere es mit plus 2«, und schrieb

A	B	C	D	E	F	G	H	I	J	K	L	M	N	O	P	Q	R	S	T	U	V	W	X	Y	Z
1	2	3	4	5	6	7	8	9	10	11	12	13	14	15	16	17	18	19	20	21	22	23	24	25	26
3	4	5	6	7	8	9	10	11	12	13	14	15	16	17	18	19	20	21	22	23	24	25	26	27	

Christian war so in seine Arbeit vertieft, dass er erschrak, als ihn Dreikommavierzehn plötzlich anfuhr: »Was soll das bedeuten? 27?«

Christian fühlte sich unschuldig: »27? Ist doch klar. Ich habe zu jeder Zahl 2 addiert. Und 25 plus 2 ist 27.«

»Denk mal an die Buchstaben. Welcher Buchstabe soll das denn sein?«

»Ach so. Die Buchstaben haben ja nur Nummern bis 26.«

Dreikommavierzehn wusste Rat: »Schreib doch mal die Buchstaben darunter!« Christian ließ sich nicht lange bitten:

A	B	C	D	E	F	G	H	I	J	K	L	M	N	O	P	Q	R	S	T	U	V	W	X	Y	Z		
1	2	3	4	5	6	7	8	9	10	11	12	13	14	15	16	17	18	19	20	21	22	23	24	25	26		
3	4	5	6	7	8	9	10	11	12	13	14	15	16	17	18	19	20	21	22	23	24	25	26	27			
C	D	E	F	G	H	I	J	K	L	M	N	O	P	Q	R	S	T	U	V	W	X	Y	Z				

Jetzt war es einfach: »Ich fang einfach wieder von vorne an. Mit A und B.« Nachdem er die Buchstaben geschrieben hatte, war ihm klar: »Mit den Zahlen mach ich es genauso. Nach 26 fange ich einfach wieder von vorne an. Mit 1 und 2.«

Dreikommavierzehns Augen strahlten. Er war stolz auf Christian.

Der ergänzte die restlichen Buchstaben und Zahlen, so dass das Schema jetzt vollständig war.

A	B	C	D	E	F	G	H	I	J	K	L	M	N	O	P	Q	R	S	T	U	V	W	X	Y	Z
1	2	3	4	5	6	7	8	9	10	11	12	13	14	15	16	17	18	19	20	21	22	23	24	25	26
3	4	5	6	7	8	9	10	11	12	13	14	15	16	17	18	19	20	21	22	23	24	25	26	1	2
C	D	E	F	G	H	I	J	K	L	M	N	O	P	Q	R	S	T	U	V	W	X	Y	Z	A	B

»Das ist eine neue Rechenart«, grinste Dreikommavierzehn verschwörerisch, »meine Rechenart!« Und bevor Christian sich wundern konnte, fragte der Kugelkopf: »Was ist 23 plus 8?«

»31«, wollte Christian sagen, besann sich aber und sagte: »Das sind 5 mehr als 26, also 5.«

»Sehr gut, mein kleiner Schlaukopf«, lobte Dreikommavierzehn und schoss eine neue Frage nach: »20 + 20?«

»Eigentlich 40, aber das ist 14 mehr als 26, also 14.«

»Und was ist 3 mal 20?«

Christian überlegte nur kurz: »60, das ist 34 über 26 hinaus, und«, jetzt hatte er es kapiert, »34 ist 8 über 26, also kommt 8 heraus.«

»Sehr gut«, schnarrte der kugelrunde Alleswisser. »3 mal 20 ist 8. Wir können also auch multiplizieren. Was ist 3 mal 16?«

Das machte richtig Spaß: »3 mal 16 ist 48. 48 ist um 22 mehr als 26, also kommt 22 raus. 3 mal 16 ist 22.«

»Schreib mal die Vielfachen von 3 auf. 1 mal 3, 2 mal 3, 3 mal 3 und so weiter bis 26 mal 3. Das könnte auch ein Geheimcode sein. Und der ähnelt schon ziemlich stark dem Code, den der Professor knacken will. Grüße deine Tante von mir!« Sprach's und war verschwunden.

Christian schaute sich um und erkannte wieder, wo er war. Er saß auf seinem Bett, Ursula lag neben ihm und schlief selig.

Er machte sich an die Arbeit. Er stellte die »mal 3«-Tabelle auf, ersetzte die Zahlen durch Buchstaben und verschlüsselte dann einen Text. Den schrieb er auf den Rand eines Blattes, riss ihn ab und legte den Schnipsel neben Ursulas Kopf:

EIXSOPOP UBKEE NSP LBOAGSMMCNAOBZOXP!

Die Schablone

Den Nachmittag über erkundete Christian das Schloss und die Umgebung. Neben dem Vortragsraum befand sich ein weiterer Saal, den er bislang noch nicht betreten hatte. Dessen Wände waren über und über kunstvoll bemalt. Den vielen halbnackten Figuren nach zu schließen, musste es sich um Darstellungen irgendwelcher antiker Göttersagen handeln.

Beim Verlassen des Saals fiel sein Blick auf ein merkwürdiges Objekt an der Wand, das mit seinen Ecken und Kanten unter den runden Formen und fließenden Gewändern der restlichen Gemälde hervorstach. Christian schaute es sich genauer an. Es war dreidimensional und aus vielen hölzernen Stäben zusammengesetzt, die jeweils ein Fünfeck umrandeten. Irgendwie erinnerte ihn das Gebilde an einen Fußball.

Draußen merkte er, wie extrem heiß es war. Das Licht blendete, die Luft schwirrte. Jede Bewegung führte zu Schweißausbrüchen. Deshalb bewegte sich auch fast nichts und niemand. Selbst die Vögel hielten offenbar Mittagsruhe. In der Nähe des Ausgangs setzte er sich neben ein paar Kakteen in den Schatten und träumte vor sich hin. Er konnte das gut.

Zu Hause sagten sie immer: »Mach doch was! Häng nicht rum! Geh wenigstens ein bisschen raus!« Das nervte. Warum musste man immer etwas tun? Und natürlich immer das, was die Eltern sich vorstellten? Warum konnten die einen nicht einfach in Ruhe lassen?

Er genoss es, dass ihm hier niemand blöde Ratschläge gab. Auch Ursula war in dieser Hinsicht in Ordnung. Sie respektierte ihn. Sie respektierte überhaupt andere Menschen – obwohl sie zu manchen eine klare Meinung hatte, zum Beispiel zu *il brutto*. Aber das gehörte auch dazu.

Der Satz, den sie für ihn verschlüsselt hatte, hatte ihm gut getan. Eigentlich müsste er sich dafür bedanken. Oder noch besser, ihr zurückschreiben. Das war das Gute an Geheimschriften: Man kann einander etwas mitteilen, aber so, dass es nicht peinlich ist. Denn der andere versteht erst später, was man gesagt hat.

Er ging aufs Zimmer, dachte sich einen guten Satz aus und verschlüsselte ihn. Ursula sollte es einfach haben, deshalb wählte er die gleiche Einstellung, die sie verwendet hatte. Er legte ihr das Blatt mit dem Satz

QJNCCN WRLQC PNMJLQC, MJBB NB QRNA BX PDC RBC

neben ihr Bett.

Er war mit sich zufrieden und dementsprechend guter Laune, als Ursula vom Nachmittagsunterricht aufs Zimmer kam. Sie ließ sich nicht das Geringste anmerken und tat so, als würde sie das Blatt nicht wahrnehmen.

»Wenn du willst, können wir noch ein wenig über Codes reden«, schlug Ursula vor.

»Von mir aus gerne. Du wolltest mir sowieso noch bessere Geheimschriften erklären.«

»Die Geheimschrift von Cäsar taugt nicht viel, wenn man etwas wirklich geheim halten möchte. Das weißt du ja.«

Auch das fand er gut an Ursula. Bei ihr ging es nicht wie in der Schule zu, wo alles lang und breit ausgewalzt wurde, bis es auch der Letzte verstanden hatte und wiederholen konnte. Ursula wusste, er hat es kapiert, und damit war es gut. Sie behandelte ihn nicht wie ein Baby, sondern sie sprachen wie zwei vernünftige Menschen miteinander.

Ursula hatte gewartet, bis er wieder bei der Sache war: »Es gibt viel bessere Codes. Ich zeige dir einen, der mir besonders gut gefällt. Er heißt der Schablonencode.«

»Schablone?«

»Ja, zuerst musst du dir eine Schablone machen.

Dafür kannst du den Rest von der Rückseite deines Zeichenblocks nehmen. Schneide einfach ein Rechteck aus, ungefähr so groß wie eine Postkarte.«

Christian ließ sich das nicht zweimal sagen, nahm den Karton, zeichnete mit dem Geodreieck ein Rechteck auf und schnitt es aus.

»Nun zeichnen wir auf den Karton waagerechte und senkrechte Linien, sodass sich ein gleichmäßiges Quadratmuster ergibt.«

»Wie Kästchenpapier«, bestätigte Christian und malte die Linien mit großer Sorgfalt.

»Jetzt kommt das Schwierigste. Du musst einige Quadrate herausschneiden. Dort hinein schreibst du später die Buchstaben. Wenn du viel schreiben willst, musst du viele Kästchen ausschneiden.«

Das war wirklich mühsam. An einigen Stellen schnitt er Kästchen aus, die direkt nebeneinander lagen, aber er vermied es, dass sich zwei freie Kästchen über Eck befanden.

Ursula sah geduldig zu. Auch sie musste offenbar nicht immer quasseln, sondern konnte einfach mal schweigen. Als er fertig war, sagte sie nur: »Dir ist klar, wie es funktioniert?«

»Natürlich. Ich lege die Schablone auf ein Blatt, schreibe meine Botschaft in die freien Kästchen und fülle dann den Rest irgendwie aus. Nur wer die Schablone hat, kann meine Nachricht lesen.«

»Genau so geht es. Nur noch ein Tipp: Beim Ausfüllen der restlichen Kästchen muss man ein bisschen acht geben. Wenn du überall X schreiben würdest, würde jeder deine Nachricht lesen können.«

»Klar. Dann wären lauter X zu sehen, und dazwischen stünde die Nachricht. Man muss also mit den Buchstaben abwechseln. X und Y usw.«

»Noch besser ist es, wenn du vor allem die normalen Buchstaben wählst, also die, die am häufigsten vorkommen. Ich denke mir ganz normale Sätze aus, die ich dann kreuz und quer in die restlichen Kästchen schreibe.« Und ganz nebenbei fügte sie hinzu, als wenn es gar nicht wichtig wäre: »Dabei wähle ich Sätze, die ich schon immer mal schreiben wollte, die aber nie mehr jemand lesen können soll. Nicht mal ich selbst. Mit diesem Code lassen sich wirklich geheime Sachen sagen.« Und noch zurückgenommener: »Du kannst ihn ja mal für dein Tagebuch oder so benutzen.«

Woher wusste Ursula, dass er ein Tagebuch hatte?

Aber sie wusste auch, wann es Zeit war aufzuhören. Sie erhob sich: »Ich setze mich noch mit meinen Kollegen aus Italien zusammen. Professor Primo hat uns ziemlich knifflige Hausaufgaben gegeben. Wir treffen uns dann zum Abendessen.«

Sie griff sich ihre Unterlagen, Block und Stifte, aber auch Christians Geheimschrift, und war verschwunden.

Christian fand Ursulas Vorschlag ganz in Ordnung. Er nahm sich sein Tagebuch vor, schrieb die

Erlebnisse der vergangenen Tage auf und verschlüsselte mit der Schablonengeheimschrift ein paar Sätze, die niemand, aber auch wirklich niemand lesen können sollte.

Als er nach dem Abendessen und nach einer lustigen Stunde mit Laura und Giovanni ins Bett ging, lag auf seinem Kopfkissen ein kreisrund ausgeschnittenes Stück Papier, und darauf stand: »*Grazie.* Schlaf gut!«

Post von zu Hause

Nach dem Frühstück, das für Christian wie üblich aus einem Glas Orangensaft und einem Cornetto bestand, kam Marisa auf ihn zu. Natürlich perfekt gestylt. Sie hielt die Arme hinter dem Rücken verschränkt und strahlte: »Ich – fur dich!«

Das sollte vermutlich bedeuten: »Ich habe etwas für dich«, und tatsächlich zauberte sie mit einer großen Geste eine Postkarte hinter ihrem Rücken hervor und wiederholte: »Fur Dich!«

Christian war überrascht. Wer schrieb ihm? Rechts stand tatsächlich sein Name mit der Anschrift des Schlosses. Sofort erkannte er die Handschrift seines Vaters. War der guter Laune, machte er etwa über dem Buchstaben i einen kleinen Kringel statt des Punktes – und schrieb er an Christians Schwester, wurde sogar ein kleines Herzchen daraus.

Noch mehr verblüffte ihn aber die linke Seite. Sein Vater revanchierte sich. Er hatte die Postkarte mit dem verschlüsselten Text erhalten und schickte ihm nun seinerseits eine Botschaft, die verschlüsselt war!

Kannte sein Vater Geheimcodes? Er war ja auch mal jung gewesen. Hatte er den Cäsar-Code verwendet? Da fiel sein Blick auf die letzte Zeile: APAP DNU AMAM.

Das war ja einfach! Sein Vater hatte einfach alle Wörter von hinten nach vorne geschrieben. Das sah zwar auf den ersten Blick kompliziert aus, aber wenn man das Prinzip einmal erkannt hatte, war es ein Kinderspiel:

> REBEIL NAITSIRHC! EIW THEG SE RID NI NEILATI? SNU THEG SE TUG. LAMHCNAM TSLHEF UD SNU. SELLA ETUG, APAP DNU AMAM.

Viel Information war das nicht, aber Christian war trotzdem glücklich. Ihm wurde richtig warm ums Herz, als er daran dachte, dass er sich mit seinem Vater in Geheimschriften verständigt hatte. Das ist so ähnlich wie sich zuzwinkern. Man ist ganz weit voneinander entfernt, aber für einen Moment ist man sich ganz nahe.

Inzwischen hatte sich der Frühstücksraum geleert,

Christian ging auf sein Zimmer und steckte die Postkarte in sein Tagebuch.

Er hatte Lust, nach draußen zu gehen. Als er an Marisas Büro vorbeikam, verabschiedeten sich gerade die beiden Herren im schwarzen Anzug von ihr. Er sah, wie sie eine große Maschine in eine Kiste hoben. Die Apparatur erinnerte ihn an eine altertümliche Rechenmaschine. Die Kiste musste sehr schwer sein, denn sie trugen sie zu zweit und setzten sie vor dem Tor äußerst vorsichtig ab.

»Was ist das für eine Maschine?«, fragte er Marisa, als der Dicke und der Dünne das Tor hinter sich geschlossen hatten.

»*Una machina per cifrare.*«

»Wie bitte?«

»Heißt Enigma. Zum Verschlüsseln.«

Marisa war noch nicht fertig: »Eine alte Maschine.« Und als sie Christians erstaunten Blick sah, präzisierte sie: »Noch älter als die schwarzen Signori.«

Das wollte Christian ohnedies wissen: »Wer sind diese Herren?«

Marisa zögerte und sagte dann: »*Questi signori*«, sie korrigierte sich und sprach in ihrem gebrochenen Deutsch weiter: »Diese Signori sind Experten. Sie kommen jetzt zu den Vorlesungen.«

»Experten für diese Maschine?«

»Ja«, bestätigte Marisa, »davon verstehen sie wirklich etwas. Sie kennen jedes Rädchen und jedes Lämpchen, und wenn sie darüber reden, leuchten ihre Augen. Von dem, was Professor Primo erzählt, scheinen sie nicht begeistert zu sein. Vielleicht verstehen sie es nicht.«

»Kommen die von einer Firma, die solche Geräte herstellt?«

»Nein. Ich glaube auch nicht, dass diese Maschinen heute noch hergestellt werden. Vielleicht kommen sie von irgendwelchen Behörden, SISDE oder so.«

»SISDE?«, fragte Christian.

»Das ist der italienische CIA. Vor dem brauchst du aber keine Angst zu haben.« Nach einer Pause meinte sie: »Ich könnte mir auch vorstellen, dass sie von der Regierung sind.«

Konnte es sein, dass sie gar nicht darüber im Bilde war, woher die Teilnehmer kamen? Christian hatte einen Verdacht. Erst traute er sich nicht, fragte dann aber trotzdem: »Geheimdienst?«

Marisa verstand offenbar nur ›geheim‹ und sagte: »Hier vieles geheim, *molto segreto*. Manuskript geheim, Teilnehmer geheim, Ergebnisse geheim.« Das sagte sie in einem so abschließenden Ton, dass Christian keine weiteren Fragen mehr stellte.

Draußen setzte er sich in den Schatten. Ihm ging alles Mögliche durch den Kopf: Professor Primo und die Codes, Marisa und Detlef, Giustina und die Skorpione. Es war verwirrend, und er blickte nicht durch. Wer wollte hier was von wem?

Ganz besonders hatten es ihm die Codes angetan.

Er dachte an Ursulas Code, den er gestern in Cortona geknackt hatte. Und an den primitiven Code auf der Postkarte von Papa.

Er hatte Lust, noch einen verschlüsselten Brief zu schreiben – mit Ursulas Code. Ob seine Schwester so intelligent und geduldig war, diesen Code zu knacken? Geduldig war sie beim besten Willen nicht. Aber blöd auch nicht.

Sollte sie sich doch mal die Zähne ausbeißen.

Der unknackbare Code

Am Donnerstagnachmittag hatten die Teilnehmer frei. Professor Primo hatte gemurmelt, sich mit einigen Experten im kleinen Kreise treffen zu wollen. Christian fragte sich, wer wohl dazugehörte.

Die meisten Teilnehmer waren froh, dass die Nachmittagsstunde ausfiel, denn gerade diese Übungsstunden, die von Giustina abgehalten wurden, waren anscheinend wirklich anstrengend.

Giorgio, der immer gute Ideen hatte, schlug vor: »Fahren wir ein bisschen weg!« Dabei schaute er Ursula und Christian an. Christian freute sich, aber Ursula meinte: »Ich will noch arbeiten. Passt mir gut auf Christian auf.« Und zu Christian gewandt: »Du kannst den beiden ja deine Cäsar-Scheibe zeigen.«

Unmittelbar nach dem Mittagessen brachen sie auf: Giorgio saß am Steuer und hatte seine Sonnenbrille aufgesetzt. Laura hatte neben ihm Platz genommen. Heute hatte sie ein knallrotes Kleid an, das ihr gut stand. Christian saß auf der Rückbank. Giorgios Auto war ein richtiges Auto, keine Blechbüchse wie Marisas Cinquecento.

»Wir nehmen den *caffè* in einer Bar in Cortona«, sagte Giorgio, »der hier ist nur eine lauwarme Brühe.«

Die beiden genossen ihren *caffè* an einem Tischchen im Freien mitten auf der engen Hauptstraße. Menschen strömten an ihnen vorüber, manchmal fuhr auch ein Auto vorbei. Es war warm, ja heiß, hell, laut und fröhlich. Das war das Leben. Kaum vorzustellen, wie kühl, dunkel und leise es im Schloss war. Christian hatte den Eindruck, dass die meisten dort äußerst vorsichtig miteinander umgingen.

Anscheinend dachte auch Giorgio an die Sommerschule. »Verstehst du diesen Deutschen, der immer kritisch dazwischenspricht?«, fragte er Laura, »Du weißt schon, den …«

»*Il brutto?*«, fragte Christian.

»Genau der«, lachten beide.

»Ist der gut in Mathematik? Ich meine, so gut, dass er es sich leisten kann, den Professor herauszufordern?«, überlegte Laura. In Italien hatte man sich Professoren gegenüber gut zu benehmen, sie höflich zu grüßen, ihnen freundlich zu antworten und dabei eine gute Sprache zu benutzen.

»Er hat ein großes Wissen, jedenfalls kann er über viele Dinge reden.«

»Ich würde eher sagen, er redet über viele Dinge. Ob er wirklich etwas davon versteht, weiß ich nicht. Ich bin überzeugt, dass er dem Professor auch nicht annähernd das Wasser reichen kann.« Laura hatte eine feste Meinung.

»Vom philosophischen Standpunkt«, holte Giorgio aus, »vom philosophischen Standpunkt aus kann man in der Mathematik auch als kleiner Geist erfolgreich sein. Wenn man es nicht darauf anlegt, geniale Ideen zu haben, sondern in scheinbar genialen Ideen den kleinen, aber entscheidenden logischen Irrtum sucht.«

In einem Punkt waren sie sich jedoch einig: »Sein Verhalten ist unmöglich.«

»*Andiamo*, gehen wir«, sagte Laura und stand auf.

Die Fahrt war wunderschön. Sie hatten die Fenster geöffnet und genossen den Fahrtwind. Giorgio und Laura erzählten Christian alles Mögliche über die Landschaft, wovon er höchstens die Hälfte verstand.

In einem kleinen Ort stellte Giorgio den Wagen ab. Sie schlenderten ein wenig durch die Gassen und einen kleinen Park, wo sie sich bald auf einer Bank niederließen. Spaziergänge in der Natur waren anscheinend nicht Giorgios Sache. Das konnte Christian gut verstehen, denn die üblichen Sonntagnachmittagsspaziergänge hasste er wie die Pest.

Laura wollte seine Cäsar-Scheibe sehen. Er zeigte sie stolz und erntete großes Lob.

»Kennst du noch andere Geheimschriften?«, wollte Giorgio wissen. Christian stellte ihnen den Schablonencode vor. »Ursula hat gesagt, dass es auch unknackbare Codes gibt. Ist das ein unknackbarer Code?«

»Er ist schon ziemlich gut. Aber unknackbar im streng mathematischen Sinne ist er nicht.»

»Welcher ist denn dann der beste Code? Die Enigma-Maschine?«, wollte Christian wissen, »oder der Code mit den Zahlen, von denen der Professor immer erzählt?«

»Enigma ist eine sehr komplizierte Maschine aus dem Zweiten Weltkrieg, und sie wurde schon damals geknackt.«

Aber bevor Giorgio in die Geschichte abschweifen konnte, sagte Laura: »Auch der Code, der auf den Primzahlen aufgebaut ist, ist nicht unknackbar. Das ist ja genau das Thema der Sommerschule: Kann dieser Code geknackt werden?«

»Und Professor Primo ist vielleicht der Erste, der ihn knackt. Und wir sind dabei!«, freute sich Giorgio.

»Vielleicht. Ich warte erst mal bis zum Ende der Sommerschule ab. Bisher hat der Professor zwar großartig vorgetragen und mich völlig begeistert, aber etwas wirklich Neues war nicht dabei.«

»Das hat er sich bestimmt bis zum Schluss aufgehoben.«

»Den unknackbaren Code bringt ihr mir aber schon vorher bei?«, mischte sich Christian wieder ein.

»Selbstverständlich«, sagte Giorgio mit einer großen Geste. »Das ist ganz einfach. Du kannst dafür deine Cäsar-Scheibe benutzen. Eigentlich ist der Code schon fertig.« Manchmal war Giorgio von seiner eigenen Rede so mitgerissen, dass er nicht darauf achtete, ob die Zuhörer etwas verstanden.

Laura war realistischer und konkreter: »Im Prinzip hat er recht. Du verschlüsselst wie beim Cäsar-Code, nur – *attenzione!* – wechselst du bei jedem Buchstaben das Verschlüsselungsalphabet. Du stellst die innere Scheibe also jedes Mal neu ein.«

»Und zwar«, ergänzte Giorgio, »jedes Mal per Zufall. Also nicht ein Buchstabe nach dem andern oder so ähnlich.«

»Wir probieren das einfach mal aus.«

Giorgio dachte nach und verkündete dann: »Wir verschlüsseln CORTONA!«

Christian hatte sich schon gedacht, dass Giorgio nichts Besseres einfallen würde. Er fragte: »Und wie kann man entschlüsseln? Beim Cäsar-Code muss man sich die Einstellung der Scheiben merken. Bei CORTONA«, er zählte die Buchstaben, »muss man sich dann sieben Einstellungen merken. Für jeden Buchstaben eine.«

Bevor Giorgio loslegte, bestätigte Laura: »Ja, das ist richtig. Und genau das ist das Problem dieses Codes. Deswegen wird er, obwohl er unknackbar ist, praktisch nie eingesetzt.«

Christian war schon damit beschäftigt, sich sieben Buchstaben auszudenken. Diese schrieb er in eine Reihe und setzte CORTONA darunter, das Wort, das er verschlüsseln wollte, und ganz unten notierte er den Geheimtext:

T L H C S D O
C O R T O N A
V Z Y V G Q O

»Und warum soll das jetzt unknackbar sein?« Christian war noch immer nicht zufrieden.

»Weil du den Geheimtext VZYVGQO in jedes mögliche Wort mit sieben Buchstaben entschlüsseln kannst, zum Beispiel«, jetzt musste er überlegen und nahm seine Finger zu Hilfe, »in FIRENZE.«

»Verstehe ich nicht«, sagte Christian.

»Doch«, war Giorgios Antwort, »welche Schlüsselbuchstaben brauchst du, um FIRENZE in VZYVGQO zu übersetzen?«

So gefragt, war die Antwort leicht: »Um F in V zu chiffrieren, nimmt man das Alphabet, das mit Q beginnt. Denn bei dem steht an sechster Stelle das V, direkt unter dem Klartext-F.«

»Genau«, bestätigte Giorgio. »Der erste Buchstabe des Schlüsselworts ist also Q.«

»Beim zweiten Buchstaben geht es genauso. Um I in Z zu übersetzen, nimmt man das Alphabet, das mit R beginnt. Also ist der zweite Schlüsselwortbuchstabe das R.«

»Und so weiter. Du hast es verstanden«, kürzte Giorgio ab. »Der Geheimtext könnte also von jedem Wort mit sieben Buchstaben kommen. Zum Beispiel von FIRENZE.«

»Oder von FLORENZ«, sagte Christian schlau und setzte noch eins drauf, »oder von GIORGIO.«

Eine Privatstunde

Am Freitag schwänzte Christian die Vorlesung wieder. Er blieb länger im Bett, ging erst zum Frühstück, als alle anderen schon fertig waren, trank in Ruhe ein Glas Orangensaft und aß eines der köstlichen Hörnchen. Danach ging er ein bisschen nach draußen, stromerte herum und erkundete die Umgebung. Zum Mittagessen war er wieder zurück.

Nach dem Essen tranken die Erwachsenen ihren unvermeidlichen *caffè* und plauderten miteinander. Christian wollte wie üblich die Leute beobachten.

Gerade als er sich setzte, hörte er eine raue, aber freundliche Stimme: »Christian, ich freue mich, dass du in meine Vorlesungen kommst.«

Christian war erschrocken. Professor Primo hatte ihn angesprochen! Gut, er war zweimal in der Vorlesung gewesen. Vorgestern hatte ihn der Professor sogar dazu benutzt, etwas vorzuführen. Aber jetzt, einfach so! Er hatte noch nie beobachtet, dass der Professor einen der Teilnehmer anprach. Außerdem auf Deutsch!? Und er kannte seinen Namen!

»Ich habe auch den Eindruck, dass du einiges verstehst. Wenn du möchtest, kann ich dir noch ein bisschen genauer erklären, worum es geht.«

Christian konnte kaum atmen. Er wusste nicht, wohin mit den Augen. Am liebsten wäre er einfach auf Knopfdruck verschwunden. Aber das ging natürlich nicht. So nickte er nur und sagte mit tonloser Stimme: »Gerne.«

Professor Primo zog ihn an die Ecke des großen Tisches, schlug seinen Block auf, holte einen Stift aus der Tasche und fragte direkt: »Weißt du, was eine Primzahl ist?«

Das ging ja noch. Das hatten sie sogar in der Schule gehabt: »Eine Primzahl ist nur durch 1 und sich selbst teilbar.«

»Ja, eine Zahl, die nur – das ist wichtig – nur durch 1 und sich selbst ohne Rest teilbar ist.« Dass der Professor darauf achtete, dass alles genau stimmte, wusste Christian schon. Er hörte weiter zu: »Die Zahl 1 schließen wir aus, dann ist 2 die kleinste Primzahl. Wie geht es weiter?«

Das wusste Christian: »2, 3, 5, 7, 11, 13, 17, 19.« Er stockte kurz.

»Und weiter? Wir schreiben mal die Primzahlen bis 100 auf.«

Mit ein bisschen Nachdenken und Probieren bekam Christian es heraus. Der Professor schrieb, was Christian diktierte:

2, 3, 5, 7, 11, 13, 17, 19, 23, 29, 31, 37, 41, 43, 47, 53, 59, 61, 67, 71, 73, 79, 83, 89, 97.

»Wie viele sind das?«

Christian zählte und kam auf 25.

Professor Primo bestätigte dies und sagte: »25 Primzahlen bis 100, das heißt, ein Viertel aller Zahlen bis 100 sind Primzahlen. Unglaublich viele!«

Und er fuhr fort: »Weißt du, ob die Primzahlen immer weitergehen oder ob sie irgendwann aufhören?«

Christian überlegte. »Ich weiß es nicht. Es könnte sein, dass es immer weitergeht. Es könnte aber auch sein, dass es irgendwann aufhört. Das würde bedeuten, dass es eine größte Primzahl gibt und dann keine mehr. Sozusagen die Weltrekordprimzahl.«

»Genau. Beides ist vorstellbar. Aber nur eines kann richtig sein. Ich kann mir denken, dass dir eine Weltrekordprimzahl gut gefallen würde. Aber die mathematische Welt ist nicht so. Es ist eine unumstößliche mathematische Tatsache, dass es unendlich viele Primzahlen gibt. Es gibt also keine größte Primzahl.«

»Wie kann man das wissen?«

»Das hat Euklid, ein Grieche, der zwei Jahrhunderte nach Pythagoras gelebt hat, hieb- und stichfest bewiesen. An der Richtigkeit dieses Satzes kann kein Zweifel herrschen.«

Professor Primo war noch längst nicht am Ende: »Die wichtigste Eigenschaft von Primzahlen ist, dass man jede Zahl aus ihnen zusammensetzen kann. Jede Zahl ist aus Primzahlen aufgebaut.«

Christians Blick drückte anscheinend Unverständnis aus. Deshalb hakte der Professor nach: »Beispiele? Schreib mal die Zahlen bis 20 auf, die keine Primzahlen sind.«

Christian tat dies:

1, 4, 6, 8, 9, 10, 12, 14, 15, 16, 18, 20.

»Die 1 streichen wir wieder.« Anscheinend lenkte ihn die Zahl 1 ab. »4 ist 2 mal 2«, und Christian schrieb weiter:

$6 = 2 \cdot 3,\ 8 = 2 \cdot 2 \cdot 2,\ 10 = 2 \cdot 5,\ 12 = 2 \cdot 2 \cdot 3, \ldots$

»Und so weiter und so fort«, gebot ihm der Professor Einhalt, »das hast du gut verstanden.« Und er schrieb:

Jede Zahl ist entweder eine Primzahl oder ein Produkt von Primzahlen.

»In diesem Satz liegt ein tiefes Geheimnis: Obwohl wir das wissen, obwohl wir von jeder Zahl sagen können: Du bist entweder eine Primzahl oder ein Produkt von Primzahlen, ist es anscheinend«, hier holte er tief Luft, »anscheinend außerordentlich schwierig, diese Primzahlen zu finden.«

Dieser Satz war ihm sehr wichtig, denn er wiederholte: »Es ist sehr schwierig, diese Primzahlen zu finden, das heißt, eine Zahl in ihre Primfaktoren zu zerlegen. Das glauben viele Mathematiker.«

Und nach einer Pause: »Schwierig. Aber natürlich nicht unmöglich.« Worauf blitzschnell die Frage kam: »Denn wie kann man das machen, Christian?«

Das war ein echtes Intervalltraining. Der Professor wurde noch konkreter: »Wie findest du die Primzahlen, die die Zahl 143 teilen?«

So gefragt, war das nicht schwer: »Ich probiere es aus.« Christian brauchte den Professor nur anzuschauen, und er wusste, dass er genau das jetzt tun sollte.

»2 geht nicht, denn 143 ist ungerade. 3 geht nicht, weil die Quersumme nicht durch 3 geht. 5 geht sowieso nicht. 7 …« Ein Blick reichte, und er wusste, dass der Professor nicht daran dachte, ihm den Test mit der 7 zu erlassen. Aber er wusste es: »7 geht nicht, weil schon 140 durch 7 geht, und dann …«

»Schon gut«, war das karge Lob, »und 11?«

»11 passt in 121, und dann fehlen noch 22 – ja, 143 durch 11 geht.«

»Wie oft?«

Kurzes Überlegen: »13-mal.«

»Also ist $143 = 11 \cdot 13$.«

Christian erwartete ein Lob, aber der Professor wollte etwas anderes sagen: »Diese Art der Suche ist völlig uneffizient. Manche nennen sie systematisch, ich sage, sie ist stumpfsinnig. Damit kommen auch die besten Computer schon bei kleinen Zahlen an ihre Grenzen. Kleine Zahlen bedeutet Zahlen mit etwa 30 Stellen«, sagte er wegwerfend.

»Die Verfahren der modernen Mathematik reichen bis zu Zahlen mit 100 oder noch ein paar mehr Stellen. Aber ich möchte 200-stellige, 500-stellige, ja 1000-stellige Zahlen in ihre Primfaktoren zerlegen!«

Nach einer kleinen Pause fuhr er fort: »Das wäre eine Sensation. Alle würden sich dafür interessieren.«

»Die Wissenschaftler?«, fragte Christian.

»Ja, die auch. Aber ganze Unternehmen, die Geheimdienste aus aller Welt, die CIA, die SISDE, die Russen, die Israelis. Alle.«

Professor Primo hatte sich richtig in seine Vision hineingesteigert. Darüber war er selbst erschrocken, denn mit seiner normalen Stimme fügte er hinzu: »Aber darum geht es natürlich nicht. Es geht um die Wahrheit. Um die Erkenntnis. Den Moment, in dem die Wahrheit ans Licht kommt. Das sind die Sternstunden eines Wissenschaftlers.«

Das Letzte hatte er wieder mit seinem berühmten Lächeln gesagt.

Der Professor überreichte ihm das beschriebene Blatt Papier, und dies war offenbar das Zeichen für das Ende der Audienz: »Am Montag werde ich in der

Vorlesung über die Faktorisierung von Zahlen berichten. Vielleicht hast du Lust zu kommen.«

Christian wusste, dass er nicht ›vielleicht‹, sondern ganz bestimmt kommen würde. Denn diese Privatstunde bei Professor Primo hatte ihn begeistert.

Das Dodekaeder

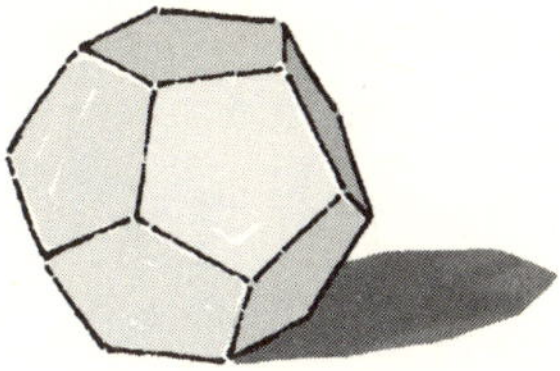

Am Freitagabend verließen einige Teilnehmer das Schloss, um über das Wochenende einen Ausflug in die Umgebung zu unternehmen. Eine ganze Reihe von ihnen, darunter auch Christian und Ursula, aber blieben da, um Mathematik zu machen, um Cortona zu erkunden oder sich einfach nur auszuruhen.

Es war erst sechs Uhr und damit noch längst nicht italienische Abendessenszeit. Christian hatte sich der üblichen Gruppe, Giorgio, Giovanni und Laura sowie Ursula, angeschlossen, die sich im Schlosshof getroffen hatten. Dort warf das Schloss schon Schatten, und so war es trotz der Hitze erträglich.

Die Erwachsenen schienen müde zu sein, aber Christian war richtig fit. Und er hatte noch ein paar Fragen auf Lager: »Warum funktioniert denn das mit der 11?«

»Was meinst du? Kannst du das bitte genauer erklären?«, fragte Ursula streng.

»Vor ein paar Tagen sollte ich doch eine Zahl schreiben. Ich wählte 2806, meinen Geburtstag. Und dann sollte ich diese Zahl nochmals in umgekehrter Reihenfolge dahinter schreiben.« Christian nahm einen Stein und schrieb auf den Sandboden:

28066082

»Und diese Zahl war automatisch durch 11 teilbar. Beim Teilen mit dem Taschenrechner ergab sich keine Kommazahl.«

Christian bemerkte ein Blitzen in Giorgios Augen: »Soll ich dir verraten, wie man erkennen kann, ob eine Zahl durch 11 teilbar ist?«

Christian brauchte nur seinen Blick zu erwidern.

»Du weißt, wie man erkennt, ob eine Zahl durch 9 teilbar ist«, begann Giorgio.

»Klar. Ziffern zusammenzählen.«

»Und bei der 11 ist es genauso – nein, natürlich nicht ganz genauso, aber fast. Man muss die Ziffern abwechselnd addieren und subtrahieren. Das heißt, man schreibt vor die Ziffern abwechselnd plus und minus, rechnet das aus, und wenn das, was dabei herauskommt, durch 11 teilbar ist, dann ist auch die gesamte Zahl durch 11 teilbar.«

Christian schrieb 45831 in den Sand, malte abwechselnd plus und minus davor und rechnete das aus:

$+4-5+8-3+1=5$

»Also nicht teilbar«, war sein kurzer Kommentar.

»Aber 31415120 ergibt $3 - 1 + 4 - 1 + 5 - 1 + 2 - 0 = 11$, also ist diese Zahl durch 11 teilbar«, mischte sich jetzt Laura ein.

»Und was kommt bei deiner Zahl raus?«, fragte Ursula und hatte für einen Moment auch diesen verschwörerischen Blick in den Augen. Christian schrieb:

$$2 - 8 + 0 - 6 + 6 - 0 + 8 - 2$$

Jetzt sah er es auch: »In der Mitte heben sich die Sechsen auf, weil sie einmal minus und einmal plus haben, dann heben sich die Nullen auf, dann die Achten und zum Schluss die Zweien.«

»Welche Zahl kommt also raus?«

»Nichts, das heißt null!«

»Und wie ist es: Geht null durch elf ohne Rest?« Ursula half nach: »0 Bonbons auf 11 Kinder. Dann bekommt jedes 0. Das ist zwar gemein, aber es geht auf.«

»Und deswegen ist auch meine Originalzahl durch 11 teilbar. Und wenn ich an einem anderen Tag Geburtstag hätte, wäre es genauso. Immer geht das Ergebnis durch 11 ohne Rest.«

Sie genossen die Abendstimmung. Christian aber war noch nicht zufrieden. »Ich habe noch eine Frage. Eine Frage zum Schloss.«

Ursula sog kurz die Luft ein: »Ich dachte, wir reden über Mathematik?«

»Ich glaube, dass es Mathematik ist.«

»Was heißt, du glaubst?«

»Lass ihn doch mal reden!«, sprang ihm Laura zur Seite.

»Also«, Christian wusste nicht, wie er das erklären sollte, »ihr kennt doch die Gemälde in den Innenräumen des Schlosses.«

Die anderen schauten ihn verwundert an.

»Neben der Tür ist ein Gegenstand gemalt, der überhaupt nicht zu dem Rest passt. Es ist eigentlich etwas Geometrisches.«

Die Blicke der anderen forderten ihn auf, das Geometrische genauer zu beschreiben. »Etwas Fußballartiges, das aus Stäben besteht, die immer ein Fünfeck bilden.«

»Ich habe noch nie einen Fußball aus Stäben gesehen«, wollte Giorgio loslachen, aber Laura bremste ihn: »Ich kann mir denken, worum es sich handelt.« Als sie die Aufmerksamkeit aller hatte, begann sie: »Wir stellen uns zunächst Fünfecke vor, die eine Fläche sind.«

»Wie bitte?«, spottete Giorgio.

»Dann besteht das Gebilde nicht nur aus Stäben, sondern ist ein Körper mit einer durchgängigen Oberfläche.«

»Gut.«

»Wenn wir uns einzelne Fünfecke vorstellen«, kam Laura auf den Kern des Gespräches zurück, »können wir immer drei an einer Ecke zusammensetzen. Drei

Fünfecke braucht man mindestens, damit etwas Dreidimensionales entsteht, und vier sind schon zu viel, weil sie sich überlappen würden.«

»Diese drei Fünfecke können wir uns vorstellen.« Christian hatte den Eindruck, dass Ursula nachfragte, damit er eine Chance hatte mitzukommen. »Sie bilden eine Art Schüssel.«

»Nun baut man einfach so weiter. Immer drei Fünfecke aneinander. Wo nur zwei Fünfecke zusammenstoßen, fügt man ein drittes hinzu«, erklärte Laura. »Und dabei passiert ein Wunder.«

»Wie bitte? Wir sind doch nicht in der Kirche!«, empörte sich Giorgio gespielt.

»Es ist ein Wunder, ein mathematisches Wunder.« Laura war sich ganz sicher. »Denn es passt alles zusammen. Die Konstruktion schließt sich. Wenn man zwölf Fünfecke untergebracht hat, ist man fertig. Es passt hundertprozentig. Dieser Körper wurde von den Griechen vor über zweitausend Jahren ›Dodekaeder‹ genannt, das heißt der ›Körper mit zwölf Flächen‹.«

»Und das ist der Fußball«, verkündete Giorgio jetzt mit dem Brustton der Überzeugung.

»Du solltest dir mal einen Fußball anschauen«, korrigierte ihn Laura. »Der Fußball ist mit dem Dodekaeder verwandt, weil er auch zwölf Fünfecke hat – aber die sind noch von 20 Sechsecken umgeben.«

»Dazu fällt mir noch etwas ein«, dämmerte es jetzt Giovanni. Er hatte die ganze Zeit nichts gesagt. »An diesem Körper haben die Pythagoräer entdeckt, dass es in der Welt irrationale Zahlen gibt.«

»Die Pythagoräer, die auch über gerade und ungerade nachgedacht haben?«, erinnerte sich Christian.

»Genau die. Der Wahlspruch der Pythagoräer war: ›Alles ist Zahl‹. Sie waren davon überzeugt, dass man alles in der Welt durch Zahlen beschreiben kann. Und zwar durch ganze Zahlen und durch Brüche, so genannte rationale Zahlen.«

»Also nicht so etwas wie π, du weißt, 3,14.«

Und ob Christian das wusste. Er wusste sogar, dass 3,14 eine rationale Zahl ist, nämlich 3 plus 14 Hundertstel. Aber π ist keine rationale Zahl, denn π ist nicht exakt gleich 3,14; sondern die Zahl geht nach dem Komma immer weiter, und zwar auf sehr unregelmäßige Art und Weise.

»Die Pythagoräer waren der Überzeugung, dass alle real vorkommenden Zahlen nur rationale Zahlen waren.«

»Und dieser komische Körper?«

»Das Dodekaeder, der Zwölfflächner – an dem kommen auch andere Zahlen vor, irrationale Zahlen.«

»Kann man die sehen?«, fragte Christian etwas vorwitzig.

Bevor Ursula ihn zurechtweisen konnte, antwortete Laura: »Tatsächlich! Jede Fläche ist ein Fünfeck. Wenn die Seitenlänge eine ganze Zahl ist, dann hat die Diagonale, also von einer Ecke zur übernächsten gemessen, keine rationale Länge. Hier kann man irrationale Zahlen sehen!«

Giorgio hatte wieder die Schlusspointe: »Derjenige, der das Dodekaeder entdeckt hat, war ein gewisser Hippasos. Er soll zur Strafe für die Entdeckung der irrationalen Zahlen vom Meer verschlungen worden sein!«

Es wurde ein ruhiger Abend und ein schöner Abschluss der Woche. Später, im Nachhinein, dachte Christian, dass dies der letzte ruhige Abend der Sommerschule gewesen war. Die Ruhe vor dem Sturm.

GZSZ

Am Sonntagnachmittag und -abend waren die Erwachsenen nicht ansprechbar – entweder waren sie mit sich selbst oder mit dem Nacharbeiten der Vorlesungen oder mit Hausaufgaben beschäftigt.

Christian nutzte die Gelegenheit, um alleine die Gegend zu erkunden. Er verließ das Schloss und folgte der Straße in Richtung Cortona. Er ging langsam und immer auf der Seite, auf der es Schatten gab.

Dort angekommen, kaufte er sich ein Eis, setzte sich auf eine Parkbank und beobachtete die Menschen.

Irgendwann machte er sich wieder auf den Weg zurück ins Schloss. Es musste schon spät sein, aber es war noch nicht dunkel, und es war immer noch warm. Der Platz vor dem Schloss war leer, nur die schwarze Frau mit der Katze, die er am ersten Tag im Schloss gesehen hatte, schlurfte langsam über den Hof. Sie sah zu Christian herüber und lächelte ihm freundlich zu.

Das Hoftor war verschlossen, und er hätte jetzt den Nachteingang über den Keller benutzen müssen. Den Schlüssel zur Kellertür aber hatte Ursula eingesteckt.

So blieb ihm nichts anderes übrig, als auf einen weiteren Rückkehrer zu warten. Er spazierte über den Hof und bemerkte, dass an seinem Ende ein Weg um das Schloss herumführte. Kurz darauf hörte er Stimmen. Er folgte dem Pfad und stellte fest, dass er sich unmittelbar hinter der Laube befand, in der sie immer zu Mittag aßen.

Er blieb stehen, denn vor ihm saß eine fröhliche Gesellschaft. Die Studenten hatten Wein organisiert und bereits ein paar Flaschen geleert. Sie tranken aus den Kunststoffbechern, die zum Frühstück für den Orangensaft bereitstanden.

Das große Wort führte *il brutto*. Offenbar redete er schon eine ganze Weile. »Wir müssen nicht nur an die Chinesen und Inder denken, sondern noch viel mehr an die Babylonier. Die lebten dort, wo heute der Irak liegt. Und die haben damals, vor vielen tausend Jahren, als es noch keine römische Kultur gab, schon Mathematik gemacht. Richtig gute Mathematik.« Er nahm einen Schluck aus seinem Becher und fuhr fort: »Die Babylonier haben ein Zahlensystem erfunden, so wie unser Dezimalsystem, von dem die Römer keine Ahnung hatten. Nur eben kein Dezimalsystem.«

»Wie bitte? Er darf zwar sagen, was er möchte, aber er sollte sich nicht im selben Satz widersprechen!« Wer sprach da? Eine solche Stimme hatte keiner der Teilnehmer. Vor sich, in der Fensternische, sah Christian Dreikommavierzehn sitzen, der sich über Detlef lustig machte.

»Genauer gesagt«, fuhr Detlef fort, »so etwas wie das Dezimalsystem, nur nicht zur Basis 10, sondern zur Basis 60. Ein Sechzigersystem.« Nach einer Pause setzte er hinzu: »60 ist eine viel bessere Zahl als 10.«

»Was heißt denn das? Gute Zahlen, schlechte Zahlen? GZSZ?«, lästerte Dreikommavierzehn.

Il brutto trank. »60 kommt in der Mathematik vor, 10 nicht. Das Dezimalsystem wurde nur erfunden, weil wir zufällig zehn Finger haben. Reiner Zufall!«

»Reiner Zufall!«, spottete Dreikommavierzehn weiter. »*Il brutto* hat den lieben Gott gefragt, warum er die Menschen mit zehn Fingern erschaffen hat. Und Gott sprach: reiner Zufall!«

»Aber 60 ist eine gute Zahl«, krähte Detlef, »60 hat zum Beispiel viele Teiler. 1, 2, 3, 4, 5, 6, 10, 12, 15, 20 und 30. Und die Anzahl der Symmetrieabbildungen des Dodekaeders ist auch 60.«

Giovanni sprang Detlef zur Seite: »Auch heute können wir Nachwirkungen des 60-er Systems erkennen: an der Uhr. 60 Minuten, 60 Sekunden. Und bei den Winkeln 360 Grad, 180 Grad.«

»Konnten die Babylonier auch schon Zahlen faktorisieren?« Da wollte wohl einer Detlef aufs Glatteis führen.

Aber der ließ sich nicht aus dem Konzept bringen: »Darüber hat man bis heute keine Dokumente entdeckt. Aber vorstellbar ist das durchaus. Ausgeschlossen ist gar nichts. Schon dass sie die Zahl 60 gewählt haben, könnte darauf hindeuten.«

»Könnte darauf hindeuten«, ließ sich nun wieder Dreikommavierzehn vernehmen. »Ich möchte mal darauf hindeuten, dass er seinen Schnabel halten könnte.«

»Jedenfalls hatten sie damals keine Codes oder doch keine, die mit Zahlen funktionieren«, wusste ein anderer ganz genau.

»Das kann sein«, gab *il brutto* zu. »Denn die Babylonier haben nur solche Mathematik gemacht, die sie brauchten. Die für sie wichtig war. Sie haben Mathematik nicht als Spiel um des Spieles willen gemacht. Auch nicht als Luxus. Auch nicht aus persönlicher Eitelkeit.«

Woher Detlef das alles wusste? Oder dachte er sich das nur aus? Christian kam nicht dazu, diesen Gedanken weiterzuverfolgen, denn jetzt wagte sich *il brutto* auf gefährliches Gebiet.

»Nicht wie der Herr Professor Primo.«

Das mussten die anderen erst mal verdauen: »Wie meinst du das?«

»Herr Primo macht das alles nur, weil es ihm Spaß macht oder, besser gesagt: aus persönlicher Eitelkeit!«

»Eitelkeit kann man jedenfalls dem Herrn Detlef nicht vorwerfen!« Diese Bemerkung von Dreikommavierzehn traf ins Schwarze.

»Ich finde, Mathematik soll auch Spaß machen«, warf Giorgio ein.

»Du meinst, es ist ihm letztlich egal, was dabei herauskommt?«

»Erst mal muss er etwas herausbekommen!«

»Und wenn ihm das gelingt? Dann ist er doch wirklich der Größte!«

»Das soll er erst mal zeigen.«

Inzwischen war es dunkler und kühl geworden. Giovanni nahm seinen grünen Pulli von den Schultern und zog ihn sich über.

Detlef gab keine Ruhe: »Die Mathematiker von heute sind nicht mehr von der Mathematik ergriffen. Wenn sie Physik studiert hätten, wären sie genauso gute Physiker geworden. Oder Juristen oder Politiker.«

»Dass Mathematiker gute Politiker sein würden, glaube ich aber nicht!«, kicherte Dreikommavierzehn, den Christian fast vergessen hatte.

»In Wirklichkeit haben sie keine leidenschaftlichen Gefühle. Und sie blenden manche Zusammenhänge aus.«

»Wie bitte? Was zum Beispiel?«, fragte Laura kritisch.

»Den Zusammenhang mit der Kreiszahl π.«

»Da bin ich aber gespannt«, schmunzelte Dreikommavierzehn. Christian war ganz Ohr: π ist natürlich sein Thema!

»Und wie soll der aussehen?«, fragte Laura.

»Hier gibt es alle möglichen Geheimnisse, von denen wir heute noch gar nichts oder nichts mehr ahnen.«

»*Ad esempio?*«

»Schon zu Beginn der unendlich vielen Stellen der Zahl π kommt eine interessante Kombination vor. Nämlich«, *il brutto* machte es spannend, »die Folge 78164.«

»Die Folge 78164? Was ist daran besonders?«, Dreikommavierzehn schüttelte sich vor Lachen.

Auch Giovanni und die anderen schauten befremdet.

»Auf diese Folge muss man erst kommen! Man muss sie aber auch richtig interpretieren!« Allen war klar, dass Detlef diese Interpretation liefern würde. Aber erst nach einem großen Schluck Wein. »Die 7 bedeutet, dass man die kleinste siebenstellige Zahl nehmen soll. Die kleinste siebenstellige Zahl, also eine Zahl, die sieben Stellen hat. Und davon die kleinste. Das muss 1 000 000 sein. Denn sie hat sieben Stellen, und 1 weniger ist 999 999, also nur sechs Stellen.«

»Und?« Die meisten schauten verdutzt in die Runde, weil sie das doch zu banal fanden. »Und was bedeutet 8164?«

»Dazu müssen wir Primzahlen betrachten, genauer gesagt: Primzahlzwillinge.«

Giovanni half: »Das sind Zahlenpaare wie 3 und 5 oder 5 und 7 oder 11 und 13, also Primzahlen, die sich um genau 2 unterscheiden.«

Detlef erläuterte: »Es ist ein uraltes, bis heute ungelöstes Problem, ob es unendlich viele Primzahlzwillinge gibt. Aber die Primzahlzwillinge bis zur kleinsten siebenstelligen Zahl kennt man alle, es sind genau – 8164 Stück. Diesen Zusammenhang muss man weiter erforschen. Insbesondere muss man dabei bedenken, dass diese Folge, 78164, bei π genau an der 66-sten Stelle beginnt.«

»Also, das finde ich ein bisschen stark. Reiner Zufall«, spottete Giorgio.

»Unsinn, völliger Unsinn. Totaler Nonsens!« Dreikommavierzehn war richtig empört, bekam einen roten Kopf. »Das muss ich mir nicht länger anhören«, stieß er aus und war plötzlich verschwunden.

»Ich weiß nicht«, sagte Giovanni, »kann sein, kann aber auch nicht sein.«

»Nein. Es kann nicht sein. Es ist so.« Fast brüllte Detlef jetzt. Er erhob sich abrupt und sagte im Weggehen: »Jedenfalls hat Herr Primo von diesen Zusammenhängen keine Ahnung.« Er stolperte in Richtung Haus.

»Das glaube ich auch, weil es nämlich Unsinn ist«, sagte Laura.

Die Studenten erhoben sich. Christian mischte sich unerkannt unter sie. Und bis sie die Becher und Flaschen zusammengestellt hatten, war er längst ins Haus geschlüpft und in sein Zimmer gesaust. Als Ursula kam, lag er bereits im Bett und atmete ganz ruhig.

Die wichtigste Formel

Christian hatte den Eindruck, als habe ihm Professor Primo am Montagvormittag beim Betreten des Vortragsraums einen kurzen Blick zugeworfen. Einen Blick der Freude, dass er da war, und des geheimen Einverständnisses. Christian war gespannt auf eine besondere Vorlesung. Heute, zu Beginn der zweiten Woche der Sommerschule, würde der Professor ihnen einen Einblick in seine geheimen Erkenntnisse gewähren.

Primos Auftritt begann wie immer. Er stand vorne vor der Tafel, lächelte, schaute die Zuhörer an und wartete, bis es mucksmäuschenstill war – bis auch der Unaufmerksamste merkte, dass er jetzt aufpassen musste. Und dass es sich jetzt aufzupassen lohnte.

Professor Primo nahm ein neues Stück Kreide, brach es durch, legte eine Hälfte zurück, schaute in die Runde, drehte sich zur Tafel und schrieb:

$$a^2 - b^2 = (a + b)(a - b)$$

drehte sich wieder um und blickte die Zuhörer an. Und sagte noch immer kein Wort.

»Das ist die wichtigste Formel der Mathematik. Die wichtigste Identität.«

Wie bitte? Christian hatte diese Formel in der Schule zwar noch nicht gehabt, aber er kannte sie auswendig. Jedes Mal, wenn sein Vater ihm, üblicherweise beim Mittagessen, beweisen wollte, was er alles in der Schulzeit gelernt hatte, zitierte er »a quadrat minus b quadrat gleich a plus b mal a minus b«. Christian glaubte nicht, dass sein Vater etwas damit anfangen konnte, er wusste die Formel einfach noch auswendig. Und das sollte die wichtigste Formel der Mathematik sein? Der Schlüssel zum Knacken der besten Codes?

Professor Primo fuhr fort: »Das ist nicht nur eine Gleichung.« Wieder so ein rätselhafter Satz. »Bei einer traditionellen Gleichung gibt es eine Unbekannte. Diese wird oft mit x bezeichnet, wie zum Beispiel in der Gleichung $3x = 7$. Die Vorstellung ist, dass x eine Zahl ist, die wir noch nicht kennen, und es unsere Aufgabe ist, diese Unbekannte zu bestimmen. Diese Gleichung«, er deutete auf das ominöse $a^2 - b^2$, »ist eine Identität. Sie enthält keine Unbekannten, sondern Variablen.«

Christian beobachtete, dass die anderen aufsahen und ihre Stirnen in Falten legten. Unbekannte und Variable sind doch Ausdrücke für das Gleiche! Aber Primo legte Wert auf feinste Unterschiede: »a und b sind keine Unbekannten, die wir bestimmen müssten, es sind keine Zahlen, die wir halt noch nicht kennen. Sondern für a können wir jede Zahl einsetzen und für b ebenso. Die Identität gilt immer. In jedem Fall ergibt sich auf der linken Seite die gleiche Zahl wie auf der rechten.«

»Beispiel!« Das kam wie ein Befehl. Er schrieb an die Tafel:

$$a = 7,\ b = 2$$

»Jetzt berechnen wir 7^2 und 2^2, also 7 mal 7 und 2 mal 2.« Er schrieb weiter:

$$7^2 - 2^2 = 49 - 4 = 45 = 9 \cdot 5 = (7 + 2)(7 - 2)$$

Dann sagte er: »Das hätten wir nicht ausrechnen müssen, denn die Identität sagt uns, dass es wahr ist. Für alle Zahlen, also auch für 7 und 2.«

Dieses Beispiel sei banal, sagte Professor Primo mit einer wegwerfenden Geste und schrieb an die Tafel:

Ist 851 eine Primzahl?

»Ein erstes Beispiel für die Power dieser Identität.« Natürlich könnte man es ausprobieren und 851 nacheinander durch 2, 3, 5, 7 und so fort teilen. Aber das wäre lästig. »Viel einfacher!« Jetzt strahlte Professor Primo triumphierend: »Wir schreiben *semplicemente* $851 = 900 - 49$ und haben die Lösung

$$851 = 900 - 49 = 30^2 - 7^2 = (30 + 7)(30 - 7) = 37 \cdot 23$$

ohne viel rechnen zu müssen!«

»Kann man das auch mit anderen Zahlen machen?« Giorgio hatte sich gemeldet.

»Natürlich«, lächelte Primo, »zum Beispiel ...« Hier stockte er kurz, weil er sich das Beispiel im Kopf zurechtlegen musste. »Zum Beispiel 1591.« Er war zufrieden und hielt es nicht für notwendig, etwas dazu zu sagen.

»Die Frage ist, ob 1591 eine Primzahl ist«, nahm Giorgio den Faden auf.

Giovanni hatte das Problem erkannt und rief dazwischen: »1591 ist 1600 minus 9, also«, hier brauchte auch er kurz Zeit, »also gleich 37 mal 43.«

Der Professor lächelte und schrieb an die Tafel:

$$1591 = 1600 - 9 = 40^2 - 3^2 = (40 + 3)(40 - 3) = 43 \cdot 37$$

Jetzt sahen es alle. »Noch einfacher ist 899«, sagte der Professor, »899 ist 900 minus 1, also gleich 29 mal 31.«

Primo wartete, bis sich die Zuhörer beruhigt hatten. Dann nahm er den Schwamm und begann, die Tafel zu wischen. Es war noch viel Platz, er hatte ja nur die binomische Formel und die Zahlen angeschrieben. Trotzdem wischte er die Zahlengleichungen sorgfältig weg und reinigte auch gründlich die noch unbeschriebenen Stellen. Nur seine »Identität« ließ er stehen. Ursula beugte sich zu Christian herüber und flüsterte fast unhörbar: »Ich glaube, jetzt passiert etwas.« Auch die anderen Studenten waren aufmerksam geworden. Keiner schrieb mehr oder hing seinen Gedanken nach. Jeder wartete auf das, was sich da ankündigte.

Der Professor hatte sein Werk vollendet, drehte sich wieder um, setzte ein Lächeln auf – das untrügliche Zeichen dafür, dass er den jetzt folgenden Worten besonderen Nachdruck verleihen wollte – und sagte dann mit seiner hohen Stimme: »Die Identität $a^2 - b^2 = (a + b)(a - b)$«, hier wurde seine Stimme noch leiser, »ist der Schlüssel für die Faktorisierung von Zahlen.«

Jetzt war also der große Augenblick gekommen, dachte Christian. Das Tor zu einer anderen Welt, zur Welt der Faktorisierung von Zahlen, wurde aufgestoßen. Wer faktorisieren kann, kann die besten Codes der Welt knacken und hat Zugang zu den größten Geheimnissen. SISDE, das Pentagon, alles steht dem offen, der effizient faktorisieren kann. Bisher konnte das niemand. Besitzt der Professor den Schlüssel zu diesem Tor? Das Getue von Giustina mit dem Manuskript. Die Signori im schwarzen Anzug. Die merkwürdige Rolle von *il brutto*. Eines war klar: Das ist der Kern des Seminars. Von nun an würde sich alles nur darum drehen. Unglaublich: Der Professor verfügt über ein Faktorisierungsverfahren, und wir sind dabei, wenn er es zum ersten Mal vorstellt.

Christian kam wieder zu sich, als der Professor im gleichen Tonfall fortfuhr: »Stellen wir uns eine Zahl vor, die wir faktorisieren wollen, das heißt, die wir als Produkt ihrer Primzahlen schreiben möchten. Eine Zahl n, deren Primfaktoren wir finden wollen.« Er schrieb den Buchstaben n groß an die Tafel. »Wir nehmen an, dass n das Produkt von nur zwei Primzahlen p und q ist.«

»Achtung!«, plötzlich brüllte er. »Sagen können wir das so, aber wir kennen p und q nicht. Die Aufgabe besteht genau darin, diese Primfaktoren zu finden. Die Zahlen p und q sind unsere Unbekannten.«

»Nun stellen wir uns vor, wir hätten es irgendwie geschafft«, er sprach wieder leise und hob fragend die Hände empor, »die Zahl n als Differenz von zwei Quadratzahlen zu schreiben.« Er setzte seinen Tafelaufschrieb fort:

$$n = a^2 - b^2$$

»Dann wenden wir die Identität an und erhalten«, er schrieb weiter:

$$= (a + b)\,(a - b)$$

»Also«, fasste er zusammen, »ist $n = (a + b)\ (a - b)$, wir haben also n als Produkt von zwei Faktoren geschrieben. Der eine Faktor ist die Zahl $a + b$, der andere Faktor die Zahl $a - b$. Wegen der Eindeutigkeit der Primfaktorzerlegung muss daher $p = a + b$ und $q = a - b$ sein.«

Alle mussten diesen Gedankengang erst einmal verdauen. Bei manchen schien das Verdauen über das Reden zu funktionieren. Giorgio rief vorlaut: »Wie bei 851.«

Bevor Professor Primo das bestätigen konnte, krähte *il brutto* ungefragt: »Das ist banal. Man führt ein Problem auf ein anderes zurück.«

Professor Primo nahm den Ball auf: »Das ist richtig«, lächelte er übertrieben freundlich in Detlefs Richtung, »aber auf ein anderes Problem. Auf ein grundsätzlich anderes. Zerlegung in Primfaktoren ist ein multiplikatives Problem, es geht um mal und geteilt. Darstellung als Differenz von Quadratzahlen ist dagegen ein additives Problem, dabei geht es um plus und minus. Das ist der Unterschied.«

Er führte den unterbrochenen Gedankengang zu Ende: »Es gilt auch die Umkehrung: Wenn eine Zahl faktorisierbar ist, dann kann sie auch als Differenz von Quadratzahlen geschrieben werden. Also: Eine Zahl ist genau dann faktorisierbar, wenn sie eine Differenz von zwei Quadratzahlen ist.«

Detlef unterbrach ihn aufs Neue: »Zum Beispiel 6.«

Diesmal blickte der Professor nicht mehr freundlich: »Nein. 6 ist kein Beispiel.«

Warum sollte 6 kein Beispiel sein? 6 ist Produkt der Zahlen 2 und 3. Andererseits ist 6 keine Differenz von Quadratzahlen. 9 – 1 klappt nicht, genausowenig wie 16 – 4 oder 16 – 1.

Primo sagte ärgerlich: »Ohne Einschränkung können wir immer voraussetzen, dass n eine ungerade

Zahl ist. Denn sonst wüssten wir sofort, dass n ein Vielfaches von 2 ist.« Der Professor schrieb jetzt an die Tafel:

Eine ungerade Zahl ist genau dann faktorisierbar, wenn sie Differenz von zwei Quadratzahlen a^2 *und* b^2 *ist, wobei sich a und b um mindestens 2 unterscheiden.*

Das Ende der Vorlesung war gekommen: »Bis heute Nachmittag überlegen Sie sich bitte, warum man diese Zusatzbedingung braucht. Dann wird Ihnen Giustina erzählen, wie man mit dieser Idee jedenfalls im Prinzip effizient faktorisieren kann.«

Ursula erzählt

Am Montagabend sagte Ursula zu Christian: »Komm, wir gehen nach Cortona und essen dort ein Eis.«

Auf dem heißen, schattenlosen Weg wechselten sie kaum ein Wort. Jeder hing seinen Gedanken nach. Christian merkte, dass die Tage im Schloss für ihn nicht nur anregend, sondern auch anstrengend waren und er zu wenig geschlafen hatte. Ursula würde es wohl ähnlich gehen.

In der Ortsmitte fanden sie ein schönes Eiscafé. Sie setzten sich an ein Tischchen, das draußen auf der Straße stand. Christian bestellte ein großes Eis, Ursula ein Glas Rotwein.

Es war schon dämmrig. Sie schauten den Leuten zu, die an ihnen vorübergingen. Beide wussten, dass bereits über die Hälfte der Ferien vorüber war. In einer Woche würde sie der Alltag mit all seinem Ärger schon wieder eingeholt haben.

Christian stellte Ursula nur eine Frage: »Warum bist du eigentlich Mathematikerin geworden?« Er merkte, dass er von ihr fast nichts wusste, obwohl sie jetzt schon über eine Woche zusammen waren.

Ursula schien auf diese Frage nur gewartet zu haben. Sie begann zu erzählen. Erst zögernd, dann immer flüssiger. Christian war mucksmäuschenstill, hörte mit größter Aufmerksamkeit zu und hoffte, dass Ursula in ihrem Redefluss nicht innehalten würde. Dabei hatte er die Frage eigentlich nur gestellt, um überhaupt etwas zu sagen.

»Als ich so alt war wie du oder ein bisschen älter«, begann sie zu erzählen, »da ging bei mir vieles durcheinander. Meine Eltern verstanden mich nicht, mein Bruder – dein Vater – war unmöglich.« Christian konnte das gut nachvollziehen. »Die Schule fand ich total unmöglich. Was uns die Lehrerinnen und Lehrer sagten, in allen Fächern, fand ich absolut unbefriedigend.« Sie seufzte: »Ich kam einfach mit mir selbst nicht zurecht.«

Christian hatte den Eindruck, dass sie lange nicht mehr an diese Zeit zurückgedacht hatte: »Ich widersprach allen. Meinen Eltern, meinem Bruder. Den Lehrern sowieso. Grundsätzlich. Ich wusste alles besser. Immer. Aber manchmal hatte ich das Gefühl, dass ich das alles nur machte, um zu widersprechen. Ob ich recht hatte oder nicht, war eigentlich egal. Aber die anderen niederdiskutieren, das war's, und das konnte ich.«

Ursula hatte damals wohl eine heftige Zeit erlebt.

»Der Matheunterricht war das Unmöglichste von

allem. Nicht weil er schwer war. Mit ein bisschen Büffeln am Abend vorher schaffte ich alle Klassenarbeiten. Eines fand ich absolut gemein: Der Lehrer saß immer am längeren Hebel und hatte eine fast unbeschränkte Macht über uns. Er entschied über richtig und falsch. Es war demütigend.«

Sie nahm einen Schluck Wein. »Einmal jedoch gab es eine Stunde, eine Mathematikstunde, eigentlich nur eine Minute in dieser Stunde«, sie trank noch einmal, »aber diese Minute hat mein Leben verändert.«

Das war stark. »Die Szene steht mir noch vor Augen, als wäre es gestern gewesen. Ich saß in der zweiten Reihe von vorne, rechts außen neben meiner Freundin Erika. Es war ein Sommertag, die Fenster waren geöffnet, ich hörte die Geräusche von draußen, es war die vierte Stunde. Herr Wachsmut, unser Mathematiklehrer, versuchte, an der Tafel eine Gleichung zu lösen. Er brachte eine Zahl auf die andere Seite und machte dabei einen Vorzeichenfehler. Das heißt, er schrieb plus statt minus.«

Christian fragte sich, was daran aufregend sein sollte.

»Ich meldete mich und wies ihn auf seinen Fehler hin. Und dann sagte dieser Herr Wachsmut etwas, das er vielleicht nur sagte, um sich vor einem Angriff zu schützen, und das er wahrscheinlich sofort wieder vergessen hat. Aber für mich war dieser Satz entscheidend.«

Sie machte es spannend: »Er sagte: In der Mathematik können wir durch logische Argumente herauskriegen, was richtig ist. Wir brauchen nicht zu streiten. Es gewinnt nicht der, der stärker ist. Sondern der, der recht hat. Und wer recht hat, das können alle einsehen.«

Ursula schien sich nicht darum zu kümmern, ob Christian zuhörte. Sie erzählte die Geschichte, um sich wieder daran zu erinnern.

»Als wir die Gleichung prüften, war es natürlich so, dass ich recht hatte. Aber das war nicht das Entscheidende. Es ging gar nicht darum, ob ich oder er recht hatte oder auf wen der Fehler zurückging. Sondern es ging darum, was richtig war und ob es überhaupt richtig war.«

Jetzt war auch Christian endgültig gefangen: »Das war der entscheidende Funke, der bei mir gezündet hat. Mathematik hat Klarheit, Logik, Verlässlichkeit. Wenigstens innerhalb der Mathematik war klar, was richtig und was falsch ist. Sie gab mir Orientierung und Halt.«

Ursula musste lächeln: »In meiner damaligen Lebensphase war das natürlich genial. Denn ich hatte unschlagbare Argumente. Keiner hatte dagegen eine Chance. Wenn ein Lehrer nicht sauber argumentierte, dann kriegte ich ihn.«

Christian spürte, dass Ursula noch nicht geendet hatte. Sie bestellte einen Wein.

»Später las ich von einem griechischen Mathematiker namens Zenon und seinen Geschichten. Von Achilles und der Schildkröte oder vom Pfeil, der nicht fliegen kann. Ich empfand den damals als Supertyp. Er bewies etwas mit unangreifbaren Argumenten, das jedoch komplett falsch war.«

Christian fragte sich, ob Ursula zu viel Wein getrunken hatte. Aber sie fragte ganz ernsthaft: »Kennst du die Geschichte vom Pfeil, der nicht fliegen kann?«

Christian schüttelte den Kopf. Außerdem war ihm klar, dass sie die Geschichte sowieso erzählen würde.

Der Wein kam, Ursula goss sich aus der Karaffe ein, nahm einen Schluck und erzählte: »Zenon, der vor über 2000 Jahren in Griechenland lebte, sagte zu den Leuten: ›Seht diesen fliegenden Pfeil, besser gesagt: diesen scheinbar fliegenden Pfeil. Denn ich werde euch beweisen, dass er in Wirklichkeit nicht fliegt!‹

›Schaut euch diesen Pfeil an‹, sagte Zenon«, und Ursula hob ihr Glas, um den Pfeil anzudeuten. »›Schaut euch diesen Pfeil einen Moment lang an, nur einen Augenblick. Ein Augenblick ist ein Zeitpunkt, und in einem Zeitpunkt kann der Pfeil nicht fliegen, keinen Meter, keinen Zentimeter, keinen Millimeter. Denn auch der schnellste Pfeil braucht für die kleinste Strecke ein bisschen Zeit. Vielleicht nur eine tausendstel Millisekunde, aber jedenfalls mehr Zeit, als ihm ein Zeitpunkt zur Verfügung stellen kann. Deshalb kann der Pfeil zu diesem Zeitpunkt nicht fliegen, also kann er zu keinem Zeitpunkt fliegen, also kann er überhaupt nicht fliegen!‹«

Zum Glück stellte sie das Glas wieder auf den Tisch, denn sie hatte die Dramatik ihrer Erzählung durch entsprechende Gesten unterstützt. »So etwas war damals mein Ideal. Die Leute, Lehrer und Eltern mit unschlagbaren Argumenten zu verwirren.«

Sie nahm das Glas wieder, trank aber nicht: »Mathematik gab mir Sicherheit. Sie stärkte mein Selbstbewusstsein, meine Persönlichkeit.«

Ihre Stimme wurde wieder normal: »So hat Mathematik mein Leben geprägt. Ich habe Mathematik seitdem nie mehr als Unterdrückungsinstrument gesehen, das Lehrer benutzen, um ihre Schüler zu quälen. Sondern genau umgekehrt: als eine Möglichkeit, selber gute Gedanken zu haben und die Richtigkeit eines Arguments beurteilen zu können.«

Der Rest war eine logische Folge: »Ich habe dann Mathematik studiert, das war manchmal nicht einfach, aber ich habe mich durchgebissen. Heute arbeite ich in der Industrie und wende täglich Mathematik an. Häufig nicht auf dem Niveau wie an der Universität, oft ist es Routine und manchmal sogar langweilig. Deshalb nehme ich in jedem Jahr an einer Sommerschule oder etwas Ähnlichem teil. Das ist wie eine Frischzellenkur. Und dafür opfere ich gerne zwei Wochen meines Urlaubs.«

Christian hatte noch nie erlebt, dass Ursula so viel redete und dabei mit so großer innerer Beteiligung von sich selbst erzählte.

Ursula legte einen Geldschein auf den Tisch und erhob sich. Auf dem Rückweg sprachen sie kein Wort. Aber ihre Stimmung war ganz anders als auf dem Hinweg. Christian fühlte sich innerlich aufgewühlt, aber gleichzeitig hatte sich vieles gelöst, wie nach einem Gewitter.

Der zweite Schrei

Als sie nach einer halben Stunde wieder am Schloss ankamen, verabschiedete sich Ursula gedankenverloren und begab sich auf ihr Zimmer. Anscheinend war es ihr gleichgültig, ob Christian jetzt schon zu Bett ging oder nicht.

Christian hingegen war überhaupt noch nicht müde. Aus dem Frühstücksraum hörte er Stimmen. Als er durch die offen stehende Tür blickte, sah er, dass dort noch ein Häufchen Studierender saß und sich fröhlich in der üblichen italienischen Lautstärke unterhielt.

Christian nahm sich einen Stuhl und setzte sich zwischen Giorgio und Laura. Die angeregte Unterhaltung drehte sich um die Teilnehmer der Sommerschule, die der Reihe nach durchgenommen wurden. Es wurde nicht gerade höflich und abwägend über sie gesprochen, sondern ausgesprochen gelästert. Alle und alles wurde auf die Schippe genommen: die Kleidung, die Sprache, die Pärchenbildung, die Antworten, welche die Einzelnen in den Nachmittagssitzungen gegeben hatten. Die Eigenheiten der Teilnehmer boten reichlich Stoff zum Lästern. Gnadenlos und mit gigantischer Übertreibung erinnerte man sich gegenseitig an Erlebnisse und Erfahrungen. Einer fiel dem anderen ins Wort, weil er eine noch bessere Anekdote kannte oder eine Eigenschaft noch übertriebener präsentieren konnte.

Sie erzählten von der Teilnehmerin, die stets extravagant gekleidet und am gestrigen Sonntag mit einem riesigen Hut durch Cortona gestöckelt war. Von einem anderen hieß es, er sei während der Nachmittagssitzung eingeschlafen und von Giustina unsanft geweckt worden. Es gab Mauro und Pia, die sich jeden Tag enger umschlungen hielten und sich nie mehr loslassen würden. Natürlich kam die Rede auch auf die schwarz gekleideten Signori, die immer mal wieder auftauchten, aber nie etwas sagten.

Ein gefundenes Fressen war Detlef, »*il tedesco*, der Deutsche«, wie ihn Giorgio nannte.

Auch Giustina bekam ihr Fett weg. »Ist sie die Geliebte des Professors?«, fragte jemand, wurde aber von Giorgio übertrumpft, der behauptete: »Die liebt doch nur das Manuskript!«

Mitten in dem Gelächter versuchte Laura, Ruhe herzustellen: »Pssst!«, machte sie, »hört doch mal!«

Es war nicht leicht, diese Horde heiterer Italiener zur Ruhe zu bringen. Doch als sie es hörten, verstummten alle auf einen Schlag.

Denn was sie hörten, war das Gleiche wie in der ersten Nacht. Einen Schrei. Hoch, entsetzt und ohne Ende.

Alle schauten sich an, blickten noch einmal in die Runde – und dann prusteten sie wie auf Kommando los.

Alle riefen durcheinander: »*I scorpioni, i scorpioni!*« »Diesmal ist die ganze Familie im Badezimmer!« »Familientreffen bei Giustina!« »Die Kinder bringen ihre Freunde mit!« »Der Vater knabbert an Giustinas großem Zeh!« »Die Kleinen fressen das Manuskript!«

Als sie sich beruhigt hatten, hörten sie, dass das Schreien immer noch anhielt.

Laura wollte losrennen. Aber Giorgio wischte sich die Tränen aus den Augen und sagte: »Gib ihr Zeit, sich anzuziehen.« Und zu Giovanni gewandt: »Hol schon mal ein Glas und eine Postkarte!«

Als sie sich erhoben und sich Giustinas Zimmer näherten, wurde das Schreien immer lauter. Es kam tatsächlich von dort. Giorgio wollte gerade die Klinke herunterdrücken, da öffnete sich die Tür, und

Giustina stand im Rahmen. Ihr Gesicht war rot angelaufen, sie hatte Tränen in den Augen, ihre blonden Haare standen in alle Richtungen. Sie streckte die Hände mit ausgespreizten Fingern zum Himmel und schrie, nein, sie brüllte, aber man konnte kein Wort verstehen.

Merkwürdigerweise dachte Christian als Erstes: Sie ist tatsächlich angezogen.

Giorgio spielte den tapferen Ritter und wollte das Schreien übertönen: »Wo sind die Skorpione?«

Giustina aber hörte überhaupt nicht auf ihn, sondern torkelte in ihr Zimmer zurück.

Das Bad war dunkel, dort konnte sie also nicht gewesen sein.

Giustina brüllte immer lauter und zeigte mit beiden Händen zum Tisch.

Dort lagen ein Block, vollgekritzelte Papiere, ein Taschenrechner, Stifte. Was Mathematiker eben so zum Arbeiten brauchen.

Christian merkte, wie Detlef sich vordrängte, die Papiere hochhielt, offenbar etwas suchte und dann mit seiner schnarrenden Stimme rief: »Das Manuskript? Wo ist das Manuskript?«

Wo war Detlef überhaupt hergekommen? Vorhin, im Frühstückszimmer, war er jedenfalls nicht dabei gewesen.

Mit einem Schlag war Giustina ruhig. Ihr Körper wurde nur noch von unkontrolliertem Schluchzen geschüttelt.

Auch alle anderen waren still. Das Manuskript in dem orangefarbenen Umschlag war nicht da.

Laura legte ihren Arm um Giustina und führte sie ins Frühstückszimmer. Giovanni sagte: »Wir suchen das Manuskript.« Und Giorgio lehnte sich wie üblich weit aus dem Fenster: »Wir werden es finden!«

Sie suchten auf dem Tisch, auf dem Bett, unter der Bettdecke, unter dem Kopfkissen, unter dem Bett, im Schrank, sie überprüften das Bad, sie schauten aus dem Fenster. Sie suchten einfach überall.

Sie fanden vieles. Bücher, vollgekritzelte Papiere, einen Stapel von leeren Schreibblöcken, jede Menge Stifte, Papiertaschentücher ohne Ende, Berge von Unterwäsche, einen Überlebensvorrat von Schokolade, eine angebrochene Weinflasche.

Das Manuskript aber blieb verschwunden.

Wie geht es weiter?

Am nächsten Tag waren alle besonders freundlich zueinander. Die Teilnehmer holten *caffè*, boten sich gegenseitig einen Stuhl an und waren in jeder Hinsicht zuvorkommend. Eigentlich, dachte Christian, tut jeder so, als wäre alles normal. Damit ja niemand auf die Idee kommt, an letzte Nacht zu denken. Oder gar daran zu denken, was die Geschehnisse der letzten Nacht bedeuten könnten. Wer das Manuskript gestohlen hat. Aber, das wusste Christian, alle dachten stets daran.

Nach dem Mittagessen und dem *caffè* setzten sich Laura, Giorgio und Giovanni mit Christian und Ursula wieder nach draußen. Die drei hatten anscheinend vereinbart, Christian zu unterhalten, um sich selbst und ihn abzulenken. Und zwar mit Mathematik. Sie wollten Christian noch einmal den Zauber der Zahlen zeigen.

Laura trug heute ein gelbes Kleid, das fantastisch zu ihren schwarzen Haaren und ihrer dunklen Haut passte. Das fiel sogar Christian auf. Sie schaute ihn an und sagte: »Ich nenne dir jetzt den Anfang einer Zahlenreihe, und du sagst mir, wie die Reihe weitergeht!« Damit besaß sie nicht nur Christians Aufmerksamkeit, sondern die der ganzen Runde.

Sie sprach langsam und machte hinter jeder Zahl eine Pause: »2, 3, 5, 7, 11.«

»Stopp!«, rief Christian. »Das geht weiter mit 13, 17 usw. Das sind die Primzahlen. Die hat mir der Professor erklärt.«

»*Bene*«, lobte Laura.

Giovanni wollte wissen: »Was genau hat dir der Professor erklärt?«

Christian antwortete: »Was eine Primzahl ist. Und dass man alle Zahlen in Primfaktoren zerlegen kann.«

Ursula seufzte: »Und nur der Professor weiß, wie schwer oder wie einfach das ist.«

Christian berichtete weiter: »Wir haben die Primzahlen bis 100 aufgeschrieben, und der Professor hat mir erzählt, dass die Primzahlen nie aufhören.«

Giorgio hatte bisher nichts gesagt, was sehr ungewöhnlich war. Jetzt musste er aber etwas loswerden: »Ich habe auch eine Reihe für dich, eine ganz spannende. *Attenzione!*« Als die Aufmerksamkeit aller Anwesenden ihm gehörte, begann er: »2, 3, 5.« Hier machte er eine Pause, und alle schauten sich an. War Giorgio unaufmerksam gewesen und wollte noch einmal die Primzahlen aufsagen? Aber er hatte nur die Spannung gesteigert und fuhr fort: »8, 13, 21 …«

Christian hatte keinen blassen Schimmer, was das Geheimnis dieser Reihe sein könnte. Giovannis Augen hingegen glänzten, weil er sie erkannt hatte. Er wollte Christian helfen: »Überleg mal, wie aus zwei Zahlen die nächste entsteht! Aus 2 und 3 wird 5, aus 3 und 5 wird 8.«

Das war ein starker Hinweis. »Ist klar!«, rief Christian, »immer plus!«

Ursula zog die Augenbrauen hoch, aber Giorgio war mit dieser sehr groben Antwort zufrieden und erklärte ihm: »Ja, man erhält eine Zahl dieser Reihe, indem man die beiden vorhergehenden Zahlen zusammenzählt.«

Christian hatte es verstanden: »Die nächste Zahl ist 13 plus 21, also 34. Und dann kommt 21 + 34, also 55. Cool!«

Giovanni, der alles wusste, wusste auch, woher die Reihe kam. Er legte seinen grünen Pulli elegant über seine Schultern und erklärte: »Diese Zahlen heißen Fibonacci-Zahlen. Sie sind benannt nach Fibonacci, einem Rechenmeister aus Venedig, der vor etwa 800 Jahren gelebt hat. Er kam auf diese Zahlen, als er versuchte, eine Regel aufzustellen, wie sich Kaninchen vermehren.«

Überraschenderweise meldete sich jetzt Ursula: »Hör mal«, sagte sie nur, »1, 4, 9, 16.«

Als Christian zögerte, half Laura: »Um wie viel unterscheiden sich die Zahlen voneinander?«

Christian rechnete laut: »Von 1 bis 4 sind es 3, von 4 bis 9 sind es 5, dann kommt 16 minus 9, das sind 7.« Jetzt hatte er es verstanden. »Die ungeraden Zahlen. Das heißt, die nächste ist 16 plus 9, also 25.«

Ursula lobte ihn nicht, sondern sagte: »Das ist eine Art, diese Zahlen zu erklären. Die andere Art ist zu sagen, es sind die Quadratzahlen: 1 ist 1 mal 1, 4 ist 2 mal 2, 9 ist 3 mal 3 und so weiter.«

»Die beiden Erklärungen hängen zusammen, denn die Differenzen der Quadratzahlen sind genau die ungeraden Zahlen«, erläuterte Laura.

Christian erinnerte sich an gestern: »Der Professor hat in seiner Vorlesung auch von $a^2 - b^2$ gesprochen. Dabei zieht man auch zwei Quadratzahlen voneinander ab.«

Giovanni präzisierte: »Bei uns ist es einfacher. Du nimmst nicht irgendwelche Quadratzahlen, sondern zwei aufeinander folgende, ziehst die kleinere von der größeren ab und bekommst eine ungerade Zahl. Beim Problem der Faktorisierung ist es genau umgekehrt: Du hast eine Zahl, die du faktorisieren möchtest, und suchst zwei Quadratzahlen a^2 und b^2, sodass deine Zahl die Differenz von a^2 und b^2 ist.«

Christian fragte: »Wenn ihr über das Faktorisieren von Zahlen sprecht, werdet ihr immer richtig aufgeregt. Ist diese Zerlegung von Zahlen wirklich so wichtig?«

Sie fielen über ihn her: »Warum sind denn all die Leute hier bei dieser Sommerschule?«, fragte Laura.

»Doch nur, um zu erfahren, ob dieses zentrale Problem der Mathematik gelöst werden kann«, unterbrach Giovanni sie.

»Genauer gesagt, um zu erfahren, dass der Professor es gelöst hat«, bemerkte Ursula trocken.

»Ist es denn wichtig für die Codes?«

Das Geschrei wurde noch lauter: »Klar!« »Das ist das zentrale Problem!« »Es ist nicht nur ein mathematisches Problem.« »Zahlen sind vor allem für die Praxis von größter Wichtigkeit.« Laura verschaffte sich Ruhe: »Alle Anwender zittern vor der Faktorisierung. Wenn ihr Geheimnis gelüftet werden sollte, das heißt, wenn jemand schnell große Zahlen in ihre Primzahlen zerlegen kann, dann sind viele Codes geknackt. Die Geheimcodes der Militärs, die Bancomat-Karten, mit denen wir unser Geld holen usw. Und es gibt keinen Ersatz.«

Christian überlegte: »Das bedeutet, dass alle, die Codes anwenden, darauf hoffen müssen, dass keiner faktorisieren kann!«

»Genau!«, kam die Antwort wie aus einem Munde.

Giorgio hatte sich an der Diskussion nicht beteiligt. Anscheinend interessierte ihn in diesem Moment die Frage der Faktorisierung überhaupt nicht, sosehr er sonst bei jeder Diskussion mitmischte. Er war völlig in Gedanken versunken und hatte nur ab und zu Zahlen auf eine übrig gebliebene Serviette gekritzelt.

Jetzt sah er auf und strahlte. Christian kannte ihn inzwischen so gut, dass er wusste, Giorgio musste jetzt erzählen, woran er die ganze Zeit dachte. Sonst platzte er.

Giorgio nahm seine Sonnenbrille ab und schob sie sich erneut ins Haar. Seine Stimme war noch rauer als sonst: »*Ho un trucco infernale*, ich habe einen teuflischen Trick.« Er brauchte noch eine Anlaufzeit: »*Una cosa che piacerebbe al nostro amico tedesco*, eine Sache, die unserem deutschen Freund gefallen würde.« Er sprach das so aus, dass klar wurde: Damit war Detlef gemeint. »Weil es Mathematik ist, die nicht aus Europa kommt, sondern aus Indien.«

Giovanni räusperte sich. Das war das Zeichen für Giorgio, zur Sache zu kommen.

»*È molto semplice*, es ist ganz einfach«, sagte er, aber sie wussten immer noch nicht, um was es ging. »Ich habe es mal gehört, und jetzt ist es mir wieder eingefallen. Ich glaube, es stammt aus Indien.« Auch das machte die Sache nicht viel klarer.

Dann fragte er: »Was ist 998 mal 889?«

Die anderen schauten sich an. Laura lächelte, Giovanni und Ursula runzelten die Stirn. Was sollte diese unsinnige Aufgabe? Aber Giorgio ließ sich nicht aus dem Konzept bringen und wiederholte nur: »*Molto semplice*, ganz einfach!«

»Betrachten wir zunächst die erste Zahl, 998. Diese ergänzen wir zu 1000. Es fehlen bis 1000 genau 2. Und diese 2 ziehen wir von der zweiten Zahl ab. Wir erhalten 889 – 2, also 887, und schreiben diese Zahl auf.« Er nahm einen Kuli und schrieb sie auf seine Handfläche.

Er machte eine Pause, als wolle er den anderen Gelegenheit geben zu applaudieren. Aber niemand klatschte Beifall, sondern jetzt runzelte auch Laura ihre Stirn. Welchen Unsinn erzählte Giorgio da?

Der fuhr unbeirrt fort: »Nun betrachten wir die zweite Zahl, also 889. Auch diese ergänzen wir zu 1000, es fehlen ihr genau 111 bis 1000. Diese 111 multiplizieren wir mit der 2 von vorhin. Wir erhalten 222. Diese Zahl setzen wir hinter die gerade aufgeschriebene Zahl.« Er schrieb 222 auf seine Hand. »Es ergibt sich die Zahl 887222.« Er machte eine theatralische Geste: »*Ecco!* Das ist das Ergebnis der Multiplikation!«

Jetzt sperrten alle den Mund auf. Diese Überraschung war Giorgio gelungen. Keiner sagte ein Wort. Laura holte den Taschenrechner aus ihrer Tasche, aber Christian wusste, schon bevor sie die Zahlen eingetippt hatte, dass das Ergebnis stimmte.

»*Un altro esempio*, noch ein Beispiel?« Ja, manche Sachen sind so gut, die kann man oft hören.

»*Volentieri*, sehr gerne!«, sagte Giorgio. »Der Trick funktioniert gut bei Zahlen knapp unter 1000. Also, 996 mal 893.« Er schrieb es auf.

»Von der ersten Zahl fehlen 4 bis 1000. Dies ziehen wir von der zweiten Zahl ab und schreiben das Ergebnis auf: 893 – 4 = 889. Das ist schon die Hälfte der Zahl.«

»Nun kommt der zweite Teil. Von der zweiten Zahl fehlen 107 bis 1000. Diese Zahl multiplizieren wir mit der 4 aus dem ersten Teil und erhalten 428. Das ist der zweite Teil des Ergebnisses.«

»*Magico!*«, rief Laura bewundernd.

»Kann man auch beweisen, dass es stimmt?«, fragte Giovanni.

»Gewiss«, sagte Ursula, »es ist ja schließlich Mathematik. Aber wie ich Giorgio kenne, interessiert ihn das nicht so sehr.«

»*Vero*, da hast du recht. Mir genügt der Trick.«

Primo rastet aus

Am Mittwochabend hatte sich Christian auf sein Zimmer zurückgezogen und schmökerte in einem Buch.

Schon einige Zeit hatte er Geräusche wahrgenommen, ihnen aber keine besondere Beachtung geschenkt. Aber jetzt war es so dunkel geworden, dass er Licht machen musste, und da hörte er jemanden laut und unüberhörbar und nicht gerade freundlich sprechen. Als er die Zimmertür öffnete, bemerkte er, dass die Geräusche aus dem Frühstückszimmer kamen. Er wandte sich nach links und ging in Richtung des großen Saals. Obwohl es schon sehr dämmrig war, war das Licht nicht angeschaltet.

Auf der Schwelle fuhr er unwillkürlich zurück. In dem großen Saal befand sich nur eine einzige Person – Professor Primo. Er sprach mit sich selbst.

Aber das war es nicht, was Christian schockierte.

Der Professor saß nicht, er las nicht, er schrieb nicht. Er war in äußerem und innerem Aufruhr.

Er musste die Szene vorbereitet haben, denn eine der Tafeln aus dem Vorlesungsraum stand jetzt im Frühstückssalon, und es war bestimmt nicht einfach gewesen, das sperrige Ding die Treppen heraufzuschleppen.

Primo saß nicht still. Er stand auch nicht ruhig. Er raste unstet hin und her. Von der Tafel zur Wand, einmal um den Tisch herum, dann drehte er sich um, lief wieder zurück, blieb abrupt stehen, schaute ins Leere und wendete sich erneut der Tafel zu.

Die Tafel war nicht leer. Sie war aber auch nicht mit säuberlich angeordneten Symbolen versehen, wie man es von dem Professor erwartete. Die Tafel war über und über mit Zahlen, Buchstaben, Strichen und Haken bedeckt, die in keinem erkennbaren Zusammenhang standen. Nichts war ordentlich und fein, sondern alles war mit großer Kraft, ja Gewalt hingefetzt, manches unterstrichen oder eingerahmt, manches einfach oder mehrfach durchgestrichen. Gewischt wurde nicht. Wenn kein Platz mehr da war, überschrieb Primo einfach die vorhandenen Zeichen. Sein dunkles Jackett war schon über und über mit Kreide beschmiert.

Primo lächelte nicht. Er schaute auch nicht konzentriert. Sein Gesichtsausdruck war grimmig und ernst, ja todernst. Sein Gesicht war rot angelaufen, seine Augen leer.

Der Professor sprach. Aber nicht in den abgezirkelten, bis ins Kleinste austarierten Sätzen, die die Botschaft mit der Eleganz, der Schnelligkeit und der Kraft eines fliegenden Pfeils zu den Zuhörern brachten. Er stieß einzelne Wörter hervor, warf Brocken hin, komplizierte Sätze brachte er nicht zu Ende. Er sprach flüsternd mit sich selbst. Dann wandte er sich wieder mit großer Geste an ein imaginäres Publikum. Manche Worte brüllte er heraus. Er redete in allen Sprachen. Englisch, Deutsch, Italienisch konnte Christian identifizieren.

»Multiplication is easy, *ma molto difficile la fattorizzazione*. Das glauben alle. Glauben! *Ma addesso* beginnt something new. Eine neue Zeit!«

Er machte eine lange Pause, drehte sich mühsam zur Tafel und begann aufs Neue. Er fing fast normal an, steigerte sich zu einem Aufschrei und sank dann wieder in sich zusammen: »Wir betrachten das *modulo un numero primo p*. Summe von Quadratzahlen, sum of squares form a basis factor, *permesso,* a Faktorbasis. Ladies and Gentlemen, verehrte Anwesende und nicht Anwesende, cari *colleghi,* wenn man's richtig betrachtet! Sie glauben, dass es difficult ist – aber ich glaube, *che è molto semplice*. Nein, ich glaube nicht, ich weiß.«

Er war außer Atem und musste Luft holen. »Ich glaube zu wissen. I want to know. Die Komplexität der Faktorisierung ist nicht exponentiell, sondern überhaupt nicht komplex. Let us take eine Summe *modulo p*, und wenden wir das quadratische Sieb an. Aber auf die kleinen Zahlen kommt es an. Die Faktoren sind entscheidend, genauer gesagt, the coefficients, die Koeffizienten. Wenn man das richtig macht – aber wie? –, dann is it subexponentiell. Meine Damen, im Grunde ist alles einfach, *molto semplice*. Genial!«

An dieser Stelle wurde er von einem gespenstischen Lachanfall geschüttelt.

»Aber nobody knows it. Das weiß niemand, *nessuno*. Niemand weiß, wie einfach das ist. Ich weiß, ich weiß, ich weiß es!«

Mit äußerster Kraft unterstrich er eine Formel an der Tafel, fiel dabei fast um, die Kreide zerstäubte in viele Einzelteile, die Fingernägel kreischten über die Tafel – Christian holte tief Luft, aber der Professor bemerkte es nicht. Er schien seine Umgebung überhaupt nicht wahrzunehmen.

In der Zwischenzeit war es immer dunkler geworden. Von den vielen Zeichen an der Tafel war kaum noch etwas zu erkennen.

Plötzlich ging das Licht an. Bei einem von Primos Ausbrüchen war Christian derart zusammengezuckt, dass er aus Versehen an den Lichtschalter gekommen war.

Der Professor war geblendet.

Aber auch Christian war zutiefst erschrocken. Er bewegte sich nicht und traute sich kaum zu atmen.

Professor Primo blieb in verkrampfter Haltung stehen, als wäre er festgefroren. Den linken Arm nach hinten, den rechten weit nach vorne gestreckt, weil er gerade aus mehr als einem Meter Entfernung an die Tafel schreiben wollte, konnte er kaum das Gleichgewicht halten.

Die Stille kam Christian unendlich lang vor.

Plötzlich kam Bewegung in den Professor, er raffte seine Papiere zusammen, sagte todernst »*permesso*« und stürzte an Christian vorbei aus dem Zimmer.

Christian hörte seine Schritte, hörte, wie er durch den Gang und dann nach oben auf sein Zimmer stolperte. Und kurze Zeit später hörte er einen Aufschrei: »Nein! Mein Manuskript! La Formule! Die Primzahlen!« Es hörte sich an, als ob er mit jemandem kämpfte. Darauf schlug eine Tür zu, einmal, zweimal. Dann, endlich, herrschte Stille.

Christian stand unter Schock. So hatte er den Professor noch nie gesehen. So hatte er überhaupt noch nie einen Menschen gesehen.

Aber Christian hatte auch die Papiere gesehen, die der Professor auf seiner Flucht mitgenommen hatte. Es waren normale, weiße, beschriebene Blätter. Und ein orangefarbener Umschlag.

Franco

Christian hatte schlecht geschlafen. Das kam selten vor. Nur ein- oder zweimal im Jahr. Meistens konnte er nicht einmal einen Grund dafür angeben.

Er hatte sich immer wieder von einer Seite auf die andere gedreht, sich dabei in dem Leintuch, das als Decke diente, verheddert und es von sich gestrampelt. Dann hatte er es wieder an sich gezogen und seinen Bauch zugedeckt.

Erst spät, er glaubte nach Stunden, hatte er sich an einen Trick seines Vaters erinnert. Von Medizin verstand der wenig, wollte auch gar nichts davon wissen. Gesundheit und Krankheit waren die Domäne seiner Mutter. Aber einen Trick hatte Papa. Immer wenn Christian im Bett lag und über Bauchweh klagte, sagte er: »Leg dich auf den Rücken. Ganz gerade auf den Rücken. Und leg eine Hand auf deinen Bauch. Unter das Gummi des Schlafanzugs.« Sein Vater war sicher, dass das helfen würde. Er sagte: »Das hilft immer!« Daran hatte sich Christian erinnert. Ob es wirklich die warme Hand war oder der Zwang, still und ruhig zu liegen, oder die Erinnerung an die Fürsorglichkeit seines Vaters, wusste er nicht – aber jedenfalls war er irgendwann eingeschlafen.

Am Morgen kam er schlecht aus dem Bett. Zum ersten Mal seit vielen Tagen spürte er wieder seinen Kopf. Sein Gehirn fühlte sich an wie flüssiges Metall, das bei jedem Schritt hin und her schwappte. Jede Bewegung machte es schlimmer.

Er schleppte sich ins Bad und schlich danach ins Frühstückszimmer. Sein erster Blick fiel auf die voll geschriebene Tafel. Also war es kein Traum gewesen.

Giustina ordnete gerade an, dass die Tafel in den Vortragssaal gebracht werden sollte. Sie hatte sich bestimmt gewundert, dass die Tafel im Frühstückszimmer stand, und vermutlich auch die Schrift erkannt. Was sie wohl dachte? Aber sie ließ sich nichts anmerken.

Im Frühstücksraum summte es wie in einem Bienenstock. Auch die Signori in den schwarzen Anzügen waren da und tranken Kaffee. Einige Anwesende hatte Christian noch nie zuvor gesehen.

Die Teilnehmer der Sommerschule waren guter Dinge: Heute sollte der große Tag sein, an dem Primo sein Faktorisierungsverfahren vorstellen würde. Der Tag, an dem die Codes geknackt werden sollten. Alle hatten auf diesen Tag gewartet und waren jetzt gespannt, was er bringen würde.

Christian aß nichts, sondern saß nur bucklig und in sich gekehrt da und schlürfte ab und zu an seinem Orangensaft. Niemand kümmerte sich um ihn. Das war ihm recht.

Er fragte sich, ob der Professor die Vorlesung überhaupt halten würde. Er konnte es sich kaum vorstellen. So wie der heute Nacht gewesen war, war er jetzt sicher völlig daneben. Bestimmt hatte er nicht besser geschlafen als Christian. Und hatte vermutlich jetzt ebenfalls grausames Kopfweh.

Plötzlich bemerkte Christian Franco, den er seit dem ersten Tag nicht mehr gesehen hatte. Er erinnerte sich, dass Ursula Franco gut kannte und anscheinend auch schätzte. Er musste schon vor dem Frühstück angekommen sein, denn nun war er bereits der Mittelpunkt der Unterhaltung. Wie alt mochte er sein? Sicher älter als Ursula, denn er hatte einen grauen Bart, und man merkte ihm an, dass er gerne und viel aß.

Franco hatte sich eine sehr jugendliche Art erhalten. Er machte Witze, erzählte Geschichten, überhäufte die Frauen mit Komplimenten. Er verbreitete Lebensfreude und Zuversicht. Bei ihm fühlte sich Christian spontan wohl.

So war es auch heute. Aber bald verließen die Teilnehmer das Frühstückszimmer und gingen zum Vortragsraum.

Franco hatte keine Eile. Er setzte sich zu Christian, stand wieder auf, holte sich noch einen *caffè*, gab Zucker hinein und rührte unendlich lange. Dann seufzte er, schaute Christian an und fragte schließlich: »*Cosa pensi?*«

Als Christian darauf nichts antwortete, erhob sich Franco und meinte überraschend ernst: »*Speriamo che vada bene*, hoffen wir, dass es gut geht.«

Die letzte Vorlesung

Punkt elf saßen alle pünktlich auf ihren Stühlen im Vortragssaal.

Wer nicht da war, war der Professor. Die meisten Teilnehmer schien das nicht zu stören. Sie redeten munter miteinander, vor allem die Neuankömmlinge hatten sich viel zu erzählen.

Doch etwas war anders als sonst. Christian hatte den Eindruck, dass viele der heute Anwesenden nicht an der Mathematik interessiert waren, sondern nur aus Sensationsgier dabei sein wollten.

Da ging die Tür auf, und alle drehten sich um – aber es war nur Detlef. Er wunderte sich über die Aufmerksamkeit, die ihm zuteil wurde, schüttelte den Kopf, suchte sich einen der wenigen noch freien Plätze und setzte sich.

Auch die anderen schauten jetzt auf die Uhr. Es war schon zehn Minuten nach elf. Primo war eigentlich ein Pünktlichkeitsfanatiker. Aber niemand schien sich etwas Schlimmes dabei zu denken.

Trotz des allgemeinen Stimmengewirrs versuchte Christian mitzubekommen, ob jemand den Gang entlangkam, und tatsächlich hörte er nun lautes Sprechen. Unfreundliche Worte. Eine Männer- und eine Frauenstimme. Die Stimme des Professors war deutlich zu vernehmen. Barsch sagte er: »*Ho bisogno del mio testo*. Ich brauche mein Manuskript.«

Und dann betrat Professor Primo, gefolgt von Giustina, den Raum.

Alle wandten sich ihm zu, doch das erwartungsfrohe Lächeln gefror ihnen im Gesicht.

Der Professor war bleich, die Haare waren durcheinander. Sein Hemd war falsch zugeknöpft und hing aus der Hose, das Jackett stand offen und saß schief. Sein Blick ging ins Leere. Kurz, er sah aus, als habe man ihn direkt aus dem Bett geholt. Und als habe er in den Kleidern geschlafen.

Er blieb in der Tür stehen, den Oberkörper nach vorn gebeugt, und blickte starr vor sich hin. Wie ein Stier, bevor er losschießt. Nach langen Sekunden atemloser Stille schritt er vorwärts, vielmehr ließ sich Schritt für Schritt nach vorne fallen, bis er an der Tafel angelangt war. Dort hielt er sich fest, drehte sich um und starrte immer noch vor sich hin. Unerträglich lange.

In seiner linken Hand trug Primo – den orangefarbenen Umschlag. Als die Zuhörer das sahen, erhob sich staunendes Gemurmel. »Der Professor!« »*Er* hat das Manuskript aus Giustinas Zimmer geholt!« »Du meinst: gestohlen!« »Klar, er hatte ja Zugang.«

Das Gemurmel ebbte so schnell ab, wie es entstanden war. Denn Professor Primo holte Luft, und dann brach es aus ihm heraus: »Signori and Ladies, Herren, verehrte Kollegen, *amici* …«

Alle waren zusammengezuckt. Im Saal herrschte jetzt Totenstille.

Primo stand vor der Tafel. Er nahm sich ein Stück Kreide. Brach es nicht durch. Drehte sich zur Tafel. Fixierte diese. Setzte die Kreide oben an der Tafel an und zog sie dann plötzlich mit einem gewaltigen Strich von oben nach unten. Man hörte ein ohrenbetäubendes Kreischen, die Kreide zerbrach, die Splitter fielen zu Boden, er kratzte mit den Fingernägeln weiter. Wie heute Nacht.

Alle holten instinktiv tief Luft. Als Erster reagierte Franco: »*Ubriaco*«, flüsterte er. Ursula beugte sich zu Christian: »Er meint, der Professor sei betrunken.«

Christian glaubte das nicht. Er wusste, wie es wirklich war. Der Professor war verzweifelt und würde seine letzten Kräfte mobilisieren, um etwas zustande zu bringen, fast egal, was.

Primo versuchte sich zu sammeln: »Ladies and Gentlemen, heute trage ich Ihnen das zentrale Kapitel vor. Die Faktorisierung von Zahlen. Wie schwer sie ist. Oder«, brüllte er, »wie leicht sie ist.«

Giustina hielt ängstlich und respektvoll Abstand. Der Professor hielt den orangefarbenen Umschlag hoch und sagte: »Ich habe die letzten Monate meines Lebens daran gearbeitet. Aufbauend auf Jahrhunderten mathematischer Forschung.« Er senkte seine Stimme: »Die besten Mathematiker haben daran gearbeitet: Fermat, Euler, der berühmte Kummer. *I tedeschi*, die Deutschen!«, schrie er und warf dabei Christian einen Blick zu.

»Das Verfahren ist einfach«, er lachte unvermittelt, »es basiert auf einer Ungleichung, einer einfachen Ungleichung.«

Primo öffnete die Lasche des Umschlags, fasste hinein und wollte sein Manuskript herausholen. Er stutzte, fasste noch einmal nach. Dann drehte er den Umschlag um und schüttelte ihn. Er war leer!

Nun merkte auch der Letzte, dass die Katastrophe eingetreten war. Das so sehr gehütete und bewachte Manuskript war verschwunden. Wo war es? Wer hatte es? War es noch bei Giustina? Oder hatte es jemand vom Professor gestohlen?

Diese Fragen schossen allen durch den Kopf. Der Einzige, dem das nichts auszumachen schien, war Primo. Er schaute auf und sagte mit leiser, fast kindlicher Stimme: »Das Manuskript ist verschwunden.« Christian hatte den Eindruck, dass Primo lächelte. »Ich werde versuchen, Ihnen die *argumenti centrali*, die wesentlichen Gedanken, ohne Manuskript vorzustellen.«

Warum auch nicht, dachte Christian, denn bislang hatte der Professor noch nie ein Manuskript gebraucht. Warum entschuldigte er sich jetzt?

Primo stand still. Das angedeutete Lächeln rutschte ihm aus dem Gesicht. Er drehte sich zur Tafel und starrte vor sich hin. Nach endlosen Minuten hob er seine Hand, in der er noch immer ein Stück Kreide hielt, und kritzelte etwas an die Tafel. Er malte winzige Zeichen und drückte fast nicht auf, sodass man nichts sehen konnte. Auch das dauerte Minuten.

Danach hörte er auf zu schreiben, drehte sich nur halb um und sagte langsam und leise: »*Il resto.*« Wieder erstarrte er, fuhr schließlich aber doch fort: »Den Rest, den erklärt Ihnen Giustina heute Nachmittag.«

Dann ging er langsam und mit schleppendem Schritt hinaus. Und hielt immer noch das Stück Kreide in der Hand.

Was ist mit dem Professor los?

Der Auftritt des Professors war natürlich *das* Thema beim Mittagessen. Manche suchten eine Erklärung, einige wenige hatten es schon immer gewusst, die meisten waren geschockt. Viele sagten gar nichts. Auch Christian hatte kein Bedürfnis, sich den Mund zu zerreißen.

Nach dem obligatorischen Kaffeetrinken zogen sich alle zurück, um die Geschehnisse des Vormittags zu verdauen. Auch Ursula war plötzlich verschwunden. Nur Franco war noch da. Christian und er gingen nach draußen und setzten sich in die Laube.

Christian dachte an den Vormittag und an die Nacht zurück. Er verstand das alles nicht. Er fragte Franco: »Kennst du Professor Primo schon lange?«

Franco seufzte und schwieg. Dann begann er zu erzählen: »Als ich studierte, war Primo ein Idol. Er war damals schon sehr berühmt. Wir alle wussten, Primo weiß nicht nur mehr als die Besten von uns, sondern er hat das mathematische Gespür, das den

Unterschied macht. Damals hätten wir gesagt, er ist ein Genie.«

»Damals?«

Aber Franco war noch in Erinnerungen versunken. »Primo wurde schon als ganz junger Mann Professor. Er war kaum 25 Jahre alt. Und dann wurde er sogar Professor in Amerika. Das war das Höchste. Spätestens da war Primo ein Mythos.«

»Mythos. Was heißt das?«

»Ein Studienkollege hatte die Ehre, Professor Primo auf einer Tagung zu sehen. Er fasste Mut, sprach ihn an und schilderte ihm sein mathematisches Problem, also die Aufgabe, die er gerade lösen wollte. Da schrieb Primo auf einen Zettel ein paar Zeichen, ein paar Buchstaben, ein Pluszeichen und ein Malzeichen. Also etwas, das keinerlei Wert hat. Aber für meinen Kollegen war es eine Reliquie, die er mit großer Sorgfalt aufbewahrte und die ihm Trost und Ermutigung für seine mathematische Arbeit war.«

»Das war früher. Wie ist es jetzt?«

Franco stand auf, kickte mit dem Fuß ein paar Steinchen fort, kratzte sich am Bart und sagte erst einmal nichts. Dann begann er vorsichtig: »Professor Primo gehört immer noch zu den intelligentesten Mathematikern. Zu denen, die am meisten wissen. Und zu denen, die blendend erklären können.« Danach schwieg Franco wieder.

»Aber?«, fragte Christian.

Franco seufzte. »Offenbar hat seine Kreativität

stark nachgelassen. Er hat in den letzten Jahren keine neuen Erkenntnisse erzielt. Er hat nichts Richtiges mehr veröffentlicht. Und wenn, dann waren es entweder Trivialitäten, also einfache Sätzchen, oder Überblicke über die Leistungen anderer, beziehungsweise Darstellungen des klassischen Stoffs. Diese waren – und sind – allerdings brillant.«

»Was ist daran so schlimm?«

»Daran ist überhaupt nichts schlimm. Ich finde es großartig, dass jemand nicht nur viel weiß, sondern das auch einleuchtend erklären kann.«

»Aber?«

»Aber Professor Primo hat damit ein Problem. Er selbst ist damit nicht zufrieden. Er ist überzeugt, dass seine eigentliche Stärke darin liegt, neue Erkenntnisse zu erzielen. Der Traum jedes Mathematikers ist es, einen wirklich wichtigen Satz zu beweisen.«

»Wie den Satz des Pythagoras?«

»Genau. Das möchte Primo.«

»Aber?«, fragte Christian zum dritten Mal.

»Aber offenbar kann er es nicht mehr. Seine kreative Schaffenskraft ist zu Ende. Es gelingt ihm einfach nicht mehr. Er kann immer noch geniale Ideen erkennen und sie von Routineargumenten unterscheiden. Aber ihm selbst fallen keine wirklich neuen Gedanken mehr ein.«

Sie schwiegen. Als er leise Schritte hörte, drehte sich Christian um. Es war Ursula. Sie spürte die außergewöhnliche Situation und kam nur behutsam näher.

Es störte Christian nicht, dass Ursula sich zu ihnen setzte. Es war sogar gut.

Nach einiger Zeit begann er zu erzählen. Von gestern Abend. Von den merkwürdigen Geräuschen, die er gehört hatte, vom völlig aufgelösten Professor Primo im Frühstücksraum, wie dieser unkontrolliert in allen möglichen Sprachen gesprochen und an die Tafel geschrieben und immer wieder gesagt, geflüstert und geschrien habe, dass das Problem der Codes und der Faktorisierung gelöst sei.

Franco und Ursula hörten zu, ohne sich zu bewegen. Sie sagten nichts. Christian fuhr fort: »Als das Licht anging, stand er starr, wie auf einem Blitzlichtfoto. Und als er dann davonraste, mit dem Manuskript in der Hand, hat er mich vermutlich nicht einmal erkannt.«

Christian schwieg. Auch die anderen sagten nichts. Dann stand Ursula auf, setzte sich ganz behutsam neben ihn und legte ihren Arm um seine Schulter. Das hatte sie noch nie gemacht. Christian merkte, wie gut ihm das tat, wie er sich entspannte und eine riesige Last von ihm abfiel.

Franco blickte zu Ursula und seufzte: »Ich habe mir schon gedacht, dass es schlimm ist. Aber dass es so schlimm ist, habe ich nicht geahnt.»

Ursula nahm den Gedanken auf: »Wenn in seinem Manuskript wirklich etwas Neues stehen würde, dann hätte er wenigstens etwas davon auch ohne Vorlage berichten können.« Sie wurde noch ernster: »Dass er in der Vorlesung heute früh gar nichts zustande gebracht hat, kann nur bedeuten, dass er auch gar nichts hat. Das berühmte Manuskript enthält nur Altbekanntes und Trivialitäten.«

Da war das Wort wieder. »Was heißt denn trivial?«

Ursula musste lächeln: »Eigentlich heißt ›trivial‹ nur ›einfach‹. Das, was jeder Anfänger kann. Aber unter Mathematikern wird es leicht zum Schimpfwort. Wenn man die Ergebnisse eines Kollegen ›trivial‹ nennt, ist das schon eine massive Beleidigung.«

Franco versuchte wieder den leichten Ton zu treffen: »Mich wundert, dass Primo das so ernst genommen hat. So ernst, dass er jetzt praktisch daran verrückt wird.«

Aber Ursula wusste es besser: »Das verstehe ich gut. Man braucht eine Sache im Leben, für die man durchs Feuer gehen würde. Und ob die Sache gut wird oder man scheitert, kann man erst im Nachhinein feststellen. Aber wenn man nichts wagt, erreicht man auch nichts.»

Christian erinnerte sich nicht, jemals in einer Situation gewesen zu sein, die so ernst war. Professor Primo, ein wissenschaftlicher Star, eine Autorität, eine moralische Instanz, stand vor dem Nichts. Es war nur noch eine Frage der Zeit, bis er völlig ruiniert sein würde. Und das alles nur deswegen, weil er sich selbst falsch eingeschätzt, seine Fähigkeiten überschätzt hatte und nicht akzeptierte, wo seine Stärken lagen.

Dies dachte Christian nur vage, denn gleichzeitig fühlte er sich warm und geborgen. Mit Franco verstand er sich, und Ursula tat ihm gut. Ihre Umarmung hatte ihm klar gemacht, dass sie unter allen Umständen zu ihm hielt.

Professor Primo hingegen, der ihm vor wenigen Tagen noch so freundlich nahe gewesen war, war weit weg. Uneinholbar weit weg.

Das conference dinner

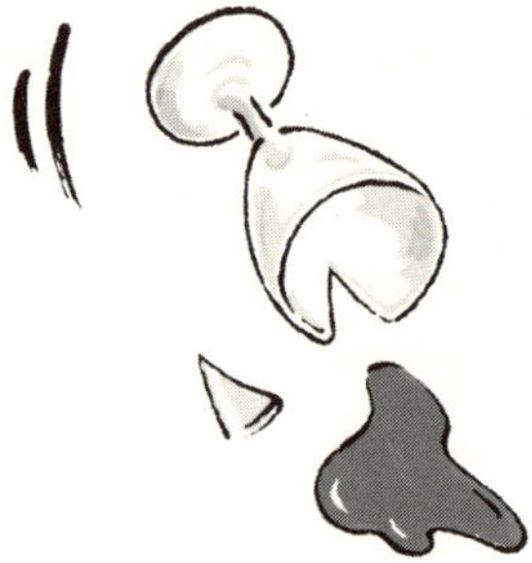

Ausgerechnet heute war das conference dinner. Marisa hatte ihm erzählt, dass dieser Abend üblicherweise der Höhepunkt der Sommerschulen war. Jedes Mal freuten sich alle darüber, dass sie es geschafft hatten, und feierten zusammen.

Aber heute? Professor Primo war bestimmt nicht zufrieden. Er hatte sein großes Ziel, ein neues Verfahren vorzustellen, um Codes zu knacken, nicht erreicht. Die Studenten? Ja, sie hatten wunderbare Vorlesungen gehört und sicher viel gelernt, aber auch ihnen war die große mathematische Neuigkeit, für die sie hierher gekommen waren, versagt geblieben. Die schwarz gewandeten Signori? Christian wusste nicht, ob sie auch enttäuscht oder ob sie im Gegenteil froh waren, dass ihre Codes nach wie vor nicht geknackt werden konnten. Marisa? Die atmete wohl erst am Samstagnachmittag auf, wenn alle wieder verschwunden waren. Giustina? Die hatte merkwürdig reagiert. Obwohl sie den klaren Auftrag von Professor Primo hatte, die Nachmittagsvorlesung zu halten, war sie zu Beginn nur kurz erschienen und hatte verkündet, dass diese heute nicht stattfinden werde.

Christian konnte sich nicht vorstellen, dass irgendjemand Lust hatte, einen festlichen und fröhlichen Abend zu verbringen. Aber keiner ließ sich etwas anmerken. Alle hatten sich fein gemacht. Die Italiener hatten elegante Jacketts, die so leicht waren, dass man sie auch bei der Hitze tragen konnte. Auffallend viele der Frauen trugen einen Rock oder ein Kleid. Ursula hatte ein hellblaues Kleid angezogen. Er hatte gar nicht gewusst, dass sie so etwas besaß.

Auch Christian hatte sich umgezogen. In seinem Rucksack hatte er noch eine zweite Hose gefunden, die frisch gewaschen und unzerknittert war. Dazu ein frisches T-Shirt.

Gegen sieben hatten sich alle vor dem Schloss getroffen. Nun standen sie in Grüppchen zusammen und plauderten miteinander, als wäre nichts geschehen.

Mit der Zeit machten sie sich auf. Einige fuhren mit dem Auto, andere gingen zu Fuß. In Cortona angekommen gingen sie nicht direkt ins Ristorante, sondern machten auf der Piazza Garibaldi Halt.

Erst als Marisa in die Hände klatschte, bequemten sie sich ins Lokal. Für die Sommerschule war ein

Raum im Untergeschoss reserviert. Als Christian den Raum betrat, atmete er tief durch. Der Raum war wunderbar hergerichtet. Die runden Tische reich gedeckt, das Licht gedämpft, die Temperatur kühl.

An Christians Tisch saßen neben Ursula auch Giorgio, Giovanni und Laura. Franco hatte mit Marisa und anderen Teilnehmern, die er offenbar gut kannte, am Nachbartisch Platz genommen.

Professor Primo saß alleine mit Giustina an einem Tisch auf der anderen Seite. Beide schwiegen vor sich hin. Der Professor wirkte abwesend, Giustina war unruhig und fahrig. Offenbar konnten die Teilnehmer die Stimmung des Professors nicht richtig einschätzen und wahrten Distanz. Die beiden schwarzen Signori kamen etwas später. Sie sahen, dass am Tisch des Professors noch Platz war, waren darüber hocherfreut und setzten sich ohne Hemmungen.

Gerade als sich eine gewisse Stille eingestellt hatte und Christian den Eindruck gewann, jetzt gehe es los, kam noch jemand herein – Detlef. Offenbar hatte er nicht verstanden, was ein conference dinner ist, und war so nachlässig angezogen wie immer. Sein kariertes Hemd hing auf einer Seite aus der Hose, sein Haar war weder gewaschen noch gekämmt. Er schaute sich kurz um, und obwohl noch eine Reihe von Plätzen frei war, ging er zielstrebig zum Tisch des Professors und setzte sich.

Christian hatte keine Zeit, darüber nachzudenken, denn Laura bot ihm etwas zu essen an. Eine lange Stange, die sie Grissini nannte und die alle vor dem eigentlichen Essen verzehrten. Giorgio hatte schon allen Wasser eingeschenkt. Als die Grissini gegessen waren, hielten sie sich an das Brot, das reichlich auf dem Tisch stand.

Nach kurzer Zeit wurden die Antipasti, die Vorspeisen, aufgetragen. Die Kellner stellten vor jeden einen Teller, der mit kalten Sachen gefüllt war. Christian sah Salami, Schinken, Oliven, Zucchini, Fisch und auch ein paar Dinge, die er nicht kannte. Als Giorgio allen *»buon appetito«* wünschte, griff er ohne Zögern zu. »Schmeckt es dir?«, fragte Giovanni, und Christian antwortete mit vollem Mund: *»Si.«* Die Erwachsenen tranken Wein; Giorgio hatte für Christian eine Cola organisiert.

Als die Teller abgetragen waren, sagte Laura: »Ich bin gespannt, wer die Laudatio halten und was er sagen wird.« Christian schaute erstaunt. Giorgio erklärte: »Es ist üblich, bei dem conference dinner eine Rede zu halten. Irgendjemand bedankt sich im Namen der Teilnehmer. Und lobt ganz besonders den Professor.«

»Es ist klar, dass das heute besonders schwierig ist«, sagte Ursula, »beziehungsweise, dass man dafür ein besonderes Taktgefühl braucht.«

»Gibt es einen bestimmten Zeitpunkt, zu dem das stattfinden soll?«, fragte Christian. »Üblicherweise zwischen Hauptspeise und Dessert«, erläuterte Giovanni.

Das Gespräch wurde unterbrochen, da der erste Gang, *il primo*, aufgetragen wurde. Er bestand aus drei Sorten von Nudeln. Christian kannte die italienischen Bezeichnungen nicht. Aber das war ihm egal, Hauptsache, es schmeckte.

Am Nebentisch führte Franco das große Wort. Soweit Christian es verstand, ging es um Codes. Franco kannte anscheinend den Chefmathematiker der italienischen Chiffrierbehörde und erzählte von seinen Gesprächen mit ihm. Dessen Problem sei, so sagte Franco, dass die politischen Chefs nicht an die Mathematik glaubten. Daher würden für die wirklich wichtigen Nachrichten nur solche Codes verwendet, die die Chefs selbst begriffen. Wenn Christian richtig verstand, so etwas wie der Winkel-und-Kästchen-Code, den er damals im Zug Ursula erklärt hatte. Also ganz schwache Codes.

Jetzt kam der zweite Gang, *il secondo*. Er bestand aus einem saftigen Stück Fleisch mit etwas grünem Salat. Deswegen hatte jeder ein scharfes Messer bekommen. Vom Tisch des Professors hörte Christian Detlefs näselnde Stimme. Er erklärte der Bedienung, dass er grundsätzlich kein Schweinefleisch esse, denn das sei praktisch Kannibalismus. Er nahm aber gerne das Angebot des Kellners an, stattdessen ein Omelett zu bekommen.

Marisa kam an Christians Tisch. Ihre Miene war besorgt, sie fragte: »Wisst ihr, ob jemand reden wird?« Giorgio antwortete: »Also, wenn du es nicht weißt, wer dann?«

»Wäre es schlimm, wenn niemand eine Rede halten würde?«, fragte Christian. »Na ja, es gibt Schlimmeres. Aber peinlich wäre es schon.«

Die Kellner begannen, die Teller des Hauptgerichts abzuräumen, und Christian hatte den Eindruck, dass die Gesellschaft sich aufzulösen begann. Franco stand an einem anderen Tisch und unterhielt jetzt die Leute dort.

Da sah Christian aus den Augenwinkeln, dass sich der dünne schwarze Signore erhob. Er klopfte an sein Glas. »Zum Glück«, seufzte Marisa, die ihren Stuhl an Christians Tisch gezogen hatte.

Der Schwarze klopfte noch einmal. Er wartete, bis Ruhe eingekehrt war. Er räusperte sich und warf einen bösen Blick hinüber zu Franco, bis auch dieser seine Erzählung einstellte. Dann holte er Luft und sprach das erlösende »*Signore e Signori*, Ladies and Gentlemen!« Er lobte die Sommerschule, sagte, dass alle eine schöne Zeit hier gehabt hätten, dass viele Kontakte unter den jungen Leuten geknüpft worden seien, dass die Schule jetzt fast zu Ende sei und sie alle heute Abend fröhlich zusammensitzen würden. Dann hielt er inne, nahm einen Schluck Wasser und sagte: »Für mich ist Professor Primo der größte Mathematiker, dem ich je begegnet bin. Seit meiner Jugend«, er lächelte, »war er ein Vorbild für mich, allerdings ein unerreichbares Vorbild. Ich habe ihn immer meinen Maestro genannt, und zwar Maestro mit großem M, mit M *maiuscolo*. In diesem Sinne bitte ich euch alle, das Glas auf Professor Primo zu erheben, unseren Maestro!«

Alle erhoben ihr Glas, tranken, setzten es wieder ab und spendeten Beifall.

Die allgemeine Meinung an ihrem Tisch war, dass der Schwarze das nicht schlecht gemacht hatte. »Er hat ihn unverbindlich gelobt«, sagte Giovanni. »Und hat die kritischen Punkte elegant ausgeblendet«, präzisierte Giorgio.

Bevor sie weiterreden konnten, hatte sich Detlef erhoben und klopfte an sein Glas. Er musste nur einmal klopfen, denn alle waren sofort still. Er begann, mit seiner näselnden Stimme zu reden, nicht laut und nicht deutlich, aber Christian saß in unmittelbarer Nähe und verstand alles gut. »Es wurde noch jemand vergessen bei der Danksagung.« Die Spannung stieg. »Nicht nur die Wissenschaftler, die in abstrakten Höhen schweben, sollen gelobt werden, sondern auch die Menschen, die die wirkliche Arbeit tun. Und auf der Sommerschule gibt es viel Arbeit zu tun. Diese hat eine Person großartig geleistet. Ich meine Marisa!«

Allgemeiner Beifall. Alle prosteten Marisa zu. »Er hat recht«, sagte Laura, »Marisa gebührt ein großes Lob.«

Statt sich nach seiner Rede wieder zu setzen, blieb Detlef stehen. Die Anwesenden schauten verwundert, denn jetzt war doch wirklich alles gesagt. Aber Detlef sprach weiter: »Etwas wurde bisher vergessen zu erwähnen. Etwas Wichtiges. Ich glaube, dass alle enttäuscht sind, dass Pasquale Primo sein Versprechen nicht gehalten hat.«

Es entstand Unruhe. Gemurmel. Manche wollten durch ihre Bemerkungen den Äußerungen Detlefs ihre Wichtigkeit nehmen. Christian wunderte sich, dass Detlef den Vornamen des Professors benutzte. Er hatte ihn bisher nicht gekannt.

Detlef ließ sich nicht beirren: »Primo hat nicht gezeigt, wie man Codes knacken beziehungsweise wie man effizient Zahlen zerlegen kann.«

Christian schaute zum Professor. Der saß da wie den ganzen Abend schon. Starrte abwesend vor sich hin. Als würde ihn das alles nichts angehen.

Detlef aber war immer noch nicht fertig: »Ich bin nicht enttäuscht. Ich nicht. Und zwar deswegen, weil ich schon früh wusste, dass in dem Manuskript nichts steht. Zuerst habe ich das nur vermutet, aber dann wurde es mir immer klarer. Das Manuskript war nur ein genialer Bluff. Pasquale Primo hatte nichts. Nichts. Ein leeres Versprechen hat uns hierher gelockt.«

Das war stark. Obwohl Detlef vielleicht recht hatte, ging er zu weit. Die Teilnehmer waren empört. Sie riefen: »*Basta!* Danke! Schluss! Das ist unhöflich! *Silenzio!* Undankbar! Du kannst jedenfalls dem Professor nicht das Wasser reichen!«

Der große Schwarze und ein anderer Teilnehmer erhoben sich, gingen auf Detlef zu, um ihn zum Schweigen zu bewegen. Detlef wehrte sich: »Ich bin noch nicht fertig!«, krähte er, »ich muss euch noch etwas zeigen. Als Mathematiker kann ich meine Behauptungen beweisen!« Er griff unter den Tisch und hob ein paar Blätter hoch: »Das ist das berühmte Manuskript!« Der Spott in seiner Stimme war zu hören. »Das Manuskript enthält nur Trivialitäten, Dinge, die seit Langem bekannt sind. Nichts Neues, keine neuen Erkenntnisse. Triviales Zeug!«

Christian fiel die nächtliche Szene wieder ein. Nachdem Primo weggerannt war, hatte er noch Kampfgeräusche und Stimmen gehört. Primo hatte wohl sein Manuskript gegen Detlef verteidigt. Der musste es dem Professor, der in dieser Situation hilflos gewesen war, entrissen und nur den orangefarbenen Umschlag zurückgelassen haben.

»Er hat das Manuskript gehabt!«, rief jemand, und ein anderer: »Er ist der Dieb!« Giustina stürzte auf Detlef zu und wollte ihm das Manuskript entreißen. Eine Weinkaraffe kippte um. Detlef wurde gestoßen und suchte Halt am Tischtuch. Als er erschrocken zurückwich, zog er mit dem Tischtuch das Geschirr und alles, was auf dem Tisch stand, herunter. Beim Greifen nach dem Tischtuch hatte er zufällig eines der Fleischmesser erwischt und hielt es nun krampfhaft fest.

Als Primo das Manuskript sah, wachte er mit einem Schlag aus seiner Lethargie auf. Er schnellte vor Empörung empor und stand unversehens ganz nahe vor Detlef. Beide waren zutiefst erschrocken, denn so nahe waren sie sich noch nie gekommen.

Primo konnte sich nicht mehr beherrschen, griff Detlef mit beiden Händen an, fasste ihn am Hals und würgte ihn. Beide waren ineinander verklammert. Einige eilten herbei, riefen »*Calmate vi*« und versuchten, die Streitenden zu trennen.

Mit einer ungestümen Bewegung befreite sich Detlef, blieb einen langen Augenblick lang stehen und schoss dann wieder auf Primo zu. Primo taumelte zurück, versuchte die Bewegung mit einigen Schritten aufzufangen, fiel aber rückwärts nieder. Sein Gesicht war schmerzverzerrt. Er hielt sich den Bauch.

Christian sah sofort: Primos weißes Hemd war rot.

Detlef stand starr und hielt noch immer das Messer in der Hand. Auch das war rot.

Das Ende

Lähmende Stille. Keiner sagte ein Wort. Niemand schrie. Jeder hielt den Atem an. Nur aus dem Nachbarraum hörte man das unschuldige, fröhliche Reden einer anderen Gruppe. Das machte die Stille noch extremer.

Christian war erstarrt. Ihm war, als habe er keinen Körper mehr. Trotzdem sah er alles und wusste, dass sich diese Szene auf ewig in sein Gedächtnis einbrennen würde. Der Professor lag bewegungslos am Boden. Er war nach hinten gefallen und lag jetzt auf der Seite. Ob er noch atmete, konnte Christian nicht erkennen. Detlef stand starr und hielt immer noch das Messer in der Hand. Auch er schien den Atem anzuhalten.

Dieser Moment der Stille kam Christian unendlich lang vor, aber vermutlich dauerte er nur wenige Sekunden.

Als der Erste einen Laut von sich gab, brach auf einen Schlag ein völlig unkontrollierter Lärm los.

Die meisten schrien entsetzt. Christian verstand kein Wort. Einige, darunter Giorgio, stürzten nach vorne und knieten sich zu dem Professor auf den Boden. Sie versuchten, ihn umzudrehen und festzustellen, ob er noch am Leben war.

Andere gingen vorsichtig auf Detlef zu. Giovanni war der Erste, der bei ihm stand. Da Detlef keine Anstalten machte, sich zu bewegen, geschweige denn, sich zu verteidigen oder zu fliehen, konnte Giovanni ihm ohne Weiteres das Messer aus der Hand nehmen. Er legte es vorsichtig auf einen Tisch, der sich außerhalb der Reichweite Detlefs befand.

Christian blickte sich um und suchte Franco. Dieser hatte nicht geschrien, nichts gesagt, war weder zu Detlef noch zu dem Professor gerannt, sondern hatte das Vernünftigste gemacht. Er war ruhig in die Bar zum Telefon gegangen und hatte die Notfallnummer angerufen.

Jetzt kamen auch andere auf die Idee und brüllten: »*La polizia! Centotredici!*« Die 113 war die Telefonnummer für die Polizei.

Diejenigen, die beim Professor knieten, blickten hoch und riefen: »*L'ambulanza, centodiciotto,* 118!«

Franco kam zurück und sagte nur: »*Già fatto*, schon passiert!«

Die schwarzen Signori verließen den Raum. Christian sah ihre Gesichter und konnte den Ausdruck nicht deuten. Sie waren nicht entsetzt, nicht besorgt, im Gegenteil.

Als Erstes traf der Notarztwagen ein, der *pronto soccorso*. Die beiden uniformierten Sanitäter zögerten keinen Augenblick. Nachdem sie einen Blick auf den Professor geworfen hatten, legten sie ihn auf eine Trage und trugen ihn zu ihrem Wagen.

Da erwachte Giustina. Sie hatte die ganze Zeit über mit nach innen gekehrtem Blick, wie in Trance, auf ihrem Stuhl gesessen und kein Wort gesagt. Jetzt erhob sie sich und ging wie selbstverständlich mit den Sanitätern mit.

Danach herrschte wieder Stille. Peinliche Stille. Die Zurückgebliebenen nippten an ihren Gläsern, knabberten am Brot. Ein Aushilfskellner fragte, ob Dessert und Kaffee aufgetragen werden sollten. Marisa verwies ihn wortlos mit einer herrischen Geste des Raums.

Detlef hatte sich gesetzt. Neben ihm saß Giovanni. Ob er hauptsächlich auf Detlef aufpasste oder ihn nur beruhigte, war nicht klar. Aber allein seine Gegenwart hielt Detlef davon ab, irgendwelchen Unsinn zu machen.

Von draußen näherten sich Stimmen. Es waren zwei Polizisten in Begleitung der Signori, die sich wichtig taten. Der Dicke redete heftig auf die Polizisten ein und hatte ihnen offenbar schon seine Darstellung des Falls erklärt. Christian hatte ihn noch nie so viel reden gehört.

Die Polizisten verschafften sich einen schnellen Überblick und fragten dann: »Was ist passiert?«

Giovanni ergriff das Wort und schilderte den Tathergang. Seiner Autorität mussten sich sogar die schwarzen Signori beugen.

Die Polizisten fragten Detlef, ob er die Aussagen bestätigen könne. Aber der antwortete nur: »Alles Unsinn. Nur Trivialitäten!«

Als die Polizisten merkten, dass sie so nicht weiterkamen, nahmen sie Detlef am Arm und führten ihn ab. Er ließ das widerstandslos geschehen.

Danach herrschte wieder Stille, diese Stille, die keiner wollte, die jedem wehtat, die aber keiner auflösen konnte.

Irgendwann seufzte Giovanni und sagte: »*Andiamo*, gehen wir.« Wie auf Befehl standen alle auf, gingen nach oben und hinaus auf die Piazza Garibaldi.

Die Piazza war jetzt voller Menschen, und alle sprachen miteinander. Nein, es war kein Sprechen, an dem sich Worte unterscheiden ließen, es war ein gleichmäßiges, lautes Geräusch, das dadurch zustande kam, dass Hunderte Menschen gleichzeitig durcheinander redeten. Ein Sprechgeräusch.

Wie ein Lauffeuer hatten sich die Ereignisse im Restaurant verbreitet. Alle wollten wissen, was genau passiert war, und am liebsten das Opfer oder gar den Täter sehen.

Christian hatte überhaupt kein Bedürfnis nach diesen Menschen und ging, ohne nach rechts oder links zu schauen, durch die schaulustige Menge hindurch.

Als er auf die Straße zum Schloss gelangte, wurde es schlagartig still. Das tat gut. Auch das gleichmäßige Gehen und der leichte, kühlende Wind taten gut.

Nachdem er so einige Zeit gegangen war, bemerkte Christian, dass neben ihm noch zwei Menschen waren. Auf der einen Seite Ursula. Das war nichts Besonderes. Sie gehörten ja zusammen.

Auf der anderen Seite Marisa. Sie war nicht mehr die unnahbare, durch ihre Schminke befestigte Frau, die einen von oben herab anschaute. Dass sie anders war, hatte Christian schon während ihres gemeinsamen Ausflugs nach Cortona festgestellt. Aber jetzt war sie ganz anders. Klein, in sich zusammengesackt, das Kleid saß schief. Nur das Gehen bewahrte ihr einen Rest von Haltung. Sie seufzte. Christian schaute zu ihr herüber. Die Schminke war zerlaufen, das Gesicht war völlig verschmiert. Er hatte den Eindruck, dass sie geweint hatte.

Aber er spürte auch: Marisa konnte jetzt keine Annäherung gebrauchen. Wenn er auch nur harmlos fragen würde: »Wie geht's?«, würde sie explodieren oder zusammenbrechen.

Christian kannte dieses Gefühl. Wenn es ihm richtig schlecht ging und seine Mutter das bemerkte, dann hatte sie das Bedürfnis, ihn in den Arm zu nehmen oder ihm über das Gesicht zu streicheln. Furchtbar! In solchen Situationen hatte man es schon mit sich selbst schwer genug. Mit jemand anderem wurde es unerträglich.

So gingen sie zu dritt schweigend zum Schloss und achteten darauf, dass sie sich gegenseitig nicht zu nahe kamen.

Als sie dann auf ihrem Zimmer waren und sich hingelegt hatten, fragte Christian doch noch: »Was war denn mit Marisa?«

Ursula holte tief Atem und meinte nach einer Weile: »Ich glaube, sie war auf Detlefs Seite.« Sie erschrak über ihre Aussage und korrigierte: »Nicht im Sinne des Attentats. Aber Marisa ist ein Mensch mit klaren Grundsätzen. Daher ist sie überzeugt: Wenn der Professor mit falschen Karten spielt, dann soll das auch aufgedeckt werden.«

Christian dachte an den Professor. Er hatte viele Seiten und zeigte immer wieder eine andere. Der brillante Redner, bei dem jede Formulierung stimmte. Der freundliche Lehrer, der ihm die Zahlen erklärte. Der Visionär, der mögliche mathematische Erkenntnisse vorausahnte. Der Verblendete, der glaubte, er könne die stärksten Codes knacken. Der Verzweifelte, der diese Erkenntnisse erzwingen wollte. Der Geschlagene, der am Boden lag.

»Wie mag es ihm gehen?«, fragte er leise.

»Ich hoffe, er kommt durch«, antwortete Ursula kaum hörbar.

Der Morgen danach

Christian hatte kaum geschlafen. Stundenlang hatte er sich im Bett herumgewälzt. Auch der Trick seines Vaters hatte nicht geholfen. Erst kurz vor dem Aufstehen war er in den Schlaf gefallen.

Nach dem Aufstehen hatte er im Bad das Gesicht in kaltes Wasser getaucht, war sich durch die Haare gefahren und trottete jetzt zum Frühstücksraum.

Den anderen war es augenscheinlich nicht besser ergangen. Nur wenige Teilnehmer der Sommerschule waren überhaupt zum Frühstück erschienen. Sie holten sich wortlos ihren Kaffee, setzten sich und vermieden es, einander anzusehen.

Über dem Büfett, wo die Platten mit Käse und Wurst fast unberührt standen, hing ein Blatt. Darauf stand auf Italienisch, Englisch und Deutsch: *Aufgrund unvorhersehbarer Zwischenfälle ist die Sommerschule sofort beendet. Sorry. Ich bitte alle, so bald wie möglich abzureisen. Notfalls könnt ihr noch bis Sonntag übernachten. Leider ist es aber nicht mehr möglich, Essen zu organisieren. Die Teilnahmebestätigungen werden nachgeschickt.*

Unterschrieben war das mit: *M. Tipoli.*

»Das ist Marisa«, sagte Giorgio, der sich neben Christian gestellt hatte. Wenigstens einer, der sprach. »Nimm dir was zu essen«, forderte er ihn auf, »auch die Seele braucht Kraft!«

Eigentlich hat er recht, dachte Christian und belud sich seinen Teller. Zwar nur ein Brötchen, aber dafür die doppelte Portion Käse und Wurst.

Am Tisch fragte er Ursula, ob sie den Aushang gelesen habe. Sie war kurzentschlossen: »Wir nehmen den Zug kurz vor elf, den wir sonst am Sonntag genommen hätten.« Christian merkte: Dieser Entschluss stand fest, darüber würde sie nicht mit sich diskutieren lassen.

Am Nebentisch wusste man etwas über Detlef. Er würde wohl bis auf Weiteres in Haft bleiben müssen. »Das habe ich mir gleich gedacht«, murmelte jemand. Christian bekam nicht mit, wer das gesagt hatte.

Laura sagte: »Er ist mir zwar nicht sympathisch, aber das habe ich mir nicht vorstellen können.«

Am Nebentisch setzte das Gemurmel wieder ein: »Die sind so. Wenn sie etwas besser wissen, dann müssen sie das mit allen Mitteln durchsetzen. *I tedeschi.*«

Laura warf Christian und Ursula einen Blick zu und wollte zu einer Verteidigung ansetzen, aber sie kam nicht dazu, denn die Tür öffnete sich, und Giustina betrat den Raum. Sie ging nicht, sie schlich. Wie eine Katze mit Durchfall, dachte Christian. Sie hatte die ganze Nacht über nicht geschlafen und kam, das war unübersehbar, direkt aus dem *ospedale*.

Giustina schien sie nicht wahrzunehmen. Wie in Trance ging sie zum Büfett, schenkte sich eine Tasse Kaffee ein, gab drei volle Löffel Zucker dazu, dann noch einen, nahm die Tasse und setzte sich an Christians Tisch, aber so, dass rechts und links von ihr jeweils ein Stuhl frei blieb. Sie setzte die Ellbogen auf den Tisch und stützte ihren Kopf ab. Dann löste sie eine Hand und begann, in ihrer Tasse zu rühren.

Giorgio stand auf und ging zu ihr. Vorsichtig nahm er den leeren Stuhl rechts von ihr, zog ihn zu sich heran und setzte sich. So behutsam, dass Giustina nichts davon merken musste. Christian hatte ihn noch nie so rücksichtsvoll erlebt.

Dann schaute er sie an und fragte leise: »Was ist mit ihm?«

»*Niente*. Nichts«, sagte sie und rührte wieder ihren Kaffee.

Was? War die Verletzung nicht schlimm, oder war sie so schlimm, dass …?

»Eh?« Es war nur ein Laut, den Giorgio äußerte.

Giustina merkte, dass sie ein klein wenig mehr sagen musste: »*Niente*. Das heißt«, jetzt, endlich, nahm sie einen Schluck Kaffee, »das heißt, die Verletzung ist nicht schlimm. Morgen kann er wieder nach Hause.«

Dann legte sie ihre Arme auf den Tisch und legte ihren Kopf darauf. Sie begann zu schluchzen. Ihr Körper wurde von Krämpfen geschüttelt, sie konnte das Weinen nicht unterdrücken, es brach aus ihr heraus.

Christian verstand nicht, warum sie weinte. Nach dem, was sie gesagt hatte, schien doch alles gut zu sein.

Die gute Nachricht und das Geräusch des Weinens lösten die angespannte Stimmung im Raum. Die Teilnehmer atmeten auf, äußerten ihre Erleichterung. Einige holten sich noch etwas zu essen und zu trinken, andere verließen den Raum.

Giorgio versuchte, Giustina anzusprechen: »Schau mal, jetzt wird doch alles gut. Wenn die Verletzungen verheilt sind, wird der Professor wieder so wie früher.«

»*No*«, schluchzte Giustina, »*no, no, no*. Nichts wird so wie früher!« Und Christian wusste, dass sie recht hatte. Jeder hier wusste, dass der Professor die Codes nicht geknackt hatte. Weil er sie nicht knacken konnte. Weil das mathematische Problem einfach zu schwer war. Wenn in Zukunft von ›Professor Primo‹ die Rede wäre, würde jeder an dieses Versagen denken. Das wird ihm unauslöschlich anhängen.

Aber Giustina war noch nicht fertig: »Ich stehe da wie eine dumme Gans«, weinte sie. »Ich habe an ihn geglaubt. An die Faktorisierung. Ich habe alles für ihn getan!« Sie sank wieder vornüber und wurde erneut von einem Weinkrampf geschüttelt.

Da verstand auch Christian. Die Wunde in Giustinas Seele war viel größer als die körperliche Verletzung des Professors.

Giorgio schaute zu den anderen herüber, und sein Blick sagte: ›Sie braucht jetzt Ruhe. Geht ihr ruhig raus. Ich kümmere mich um sie.‹

Abschied

Ursula hatte einen Entschluss gefasst. Das merkte Christian an der zielstrebigen Art, wie sie die Treppe hochstieg. Oben angelangt sagte sie, ohne ihn anzuschauen: »Ich habe das Taxi für halb elf bestellt.«

Da erst merkte Christian, wie stark Ursula von den Ereignissen mitgenommen war. Offensichtlich wollte sie den ganzen Spuk so schnell wie möglich hinter sich lassen.

Sie hatten noch eine halbe Stunde Zeit. Mit dem Packen seines Rucksacks war Christian schnell fertig. Er beschloss, ein letztes Mal durch die Räume des Schlosses zu gehen.

Den Frühstücksraum ließ er links liegen. Dort hatten die abendlichen Gespräche stattgefunden, dort hatten sie Giustinas Schreie gehört. Und dort hatte auch Professor Primo seine nächtliche Vorlesung gehalten, die Christian als Einziger gehört und gesehen hatte.

Der Vortragsraum war jetzt völlig leer. Nur die beiden Tafeln und der Tisch standen noch da. Aber auch sie waren zur Seite geschoben. Nichts erinnerte mehr an die gespannte Aufmerksamkeit der Teilnehmer, die perfekten Darbietungen des Professors und die geistigen Auseinandersetzungen, die sich hier abgespielt hatten.

Als er zurück im Zimmer war, wartete Ursula schon nervös auf ihn. Er merkte, dass es jetzt besser war, nichts zu sagen. Er setzte seinen Rucksack auf und trottete hinter ihr her.

Am Ausgang warteten ihre drei Freunde, um sich zu verabschieden. Giovanni hatte seinen unvermeidlichen Pullover überhängen und verabschiedete sich herzlich. Zu Christian sagte er: »*Tante cose belle!* Ich wünsche dir alles Gute!«

Giorgio überspielte seinen Abschiedsschmerz mit Großspurigkeit und verkündete: »Wir schreiben uns!«

Laura konnte kaum sprechen, hatte sich aber etwas Besonderes überlegt: »*Ibiobi tibi abimobi.*«

Christian verstand keine Silbe, antwortete aber instinktiv richtig: »Ibich dibich aubauch!«

Ursula standen Tränen in den Augen, als sie Laura umarmte.

Unten wartete schon das Taxi. Und neben dem Taxi stand – Franco. Er schauspielerte in dieser Situation noch mehr als sonst. Er kam auf Ursula zugestürzt, nahm ihr den Koffer ab und hievte ihn in den Kofferraum. Dann umarmte er beide, riss die Tür des Taxis auf und sagte überschwänglich: »*Arrivederci!*« Dann warf er die Autotür schwungvoll zu und rief hinterher: »*Alla prossima,* bis zum nächsten Mal!«

Das Taxi wendete, fuhr durch das Tor und bog nach links ab auf die kurvige Straße nach Tenerentola hinunter. Als sie das Gelände des Schlosses verlassen hatten, atmete Ursula hörbar auf. Aber sie sagte nichts, sondern saß stumm neben Christian auf dem Rücksitz des Autos.

Christian warf einen letzten Blick auf das Schloss. Als sie tiefer kamen, fuhren sie durch Olivenhaine, dann an Gärten und den ersten Häusern vorbei, bis sie Terontola erreichten und nach wenigen Minuten vor dem Bahnhof anhielten.

Die Ankunft des Zuges nach Firenze wurde durch langes Klingeln angekündigt. Er war völlig überfüllt. Christian setzte sich im Gang auf seinen Rucksack. Ursula saß im Abteil zwischen den Sitzen auf ihrem Koffer.

Es war furchtbar heiß. Alle Fenster waren geöffnet, so dass ein starker Fahrtwind durch den Zug ging. Christian schwitzte, aber gleichzeitig trocknete der Wind den Schweiß auf der Haut, so dass er ein unangenehm ungewaschenes Gefühl hatte.

Christian saß da, bucklig, den Blick auf den Boden gerichtet. Er spürte seinen Kopf in einer Mischung aus Kopfweh und Leere. Der Zug ruckelte unangenehm.

Ihm kam *il brutto* in den Sinn. Eigentlich hatte dieser recht behalten. Er hatte herausbekommen, dass der Professor das, was alle von ihm erwarteten, gar nicht besaß. Er hatte dem Professor die Grenzen aufgezeigt. Natürlich war die Situation beim conference dinner aus dem Ruder gelaufen. Detlef hätte sich nie dazu hinreißen lassen dürfen, den Professor tätlich anzugreifen.

Christian erinnerte sich an das Gespräch mit Ursula. In der Mathematik muss man den anderen nicht umbringen, um seine Meinung durchzusetzen. Man kann alle Fragen durch Argumentieren lösen. Das ist gerade das Wunderbare an der Mathematik.

Trotzdem tat ihm Detlef leid. Christian fand ihn längst nicht mehr so unsympathisch wie zu Beginn. Obwohl er fast zum Mörder geworden wäre.

Neue Zeit

Christian hatte vor sich hin gedöst und nicht gemerkt, dass der Zug immer langsamer geworden war. Als er anhielt, wollten alle gleichzeitig aussteigen. Schon begannen die Mitreisenden, über ihn hinwegzusteigen. Da packte er seinen Rucksack und erreichte als Erster die Tür.

Als er ausstieg, überfiel ihn die Hitze. Er duckte sich und suchte instinktiv einen Schattenplatz. Ursula kam als Letzte. Wortlos gingen sie nebeneinander den Bahnsteig entlang, bis sie in der Bahnhofshalle ankamen.

Dort war es noch lauter, noch chaotischer und noch heißer. Da sah Christian das leuchtende Schild eines McDonald's und wusste sofort, dass es darin kühl sein würde. Wie ihn vorher die Hitze überfallen hatte, so überraschte ihn jetzt im Restaurant die Kühle. Christian atmete auf. Er bestellte sich eine große Cola mit Eis und dazu eine Portion Pommes. Gierig sog er die eiskalte Flüssigkeit ein.

Einige Minuten später ging es ihm wieder besser, und er schaute nach Ursula. Auch sie hatte eine Cola in der Hand. Nach einer Weile sagte sie: »Unser Zug fährt in einer Viertelstunde.«

Sie fanden den Bahnsteig, gingen den wartenden Zug entlang und fanden überraschenderweise noch ein leeres Abteil in dem EuroCity.

Christian setzte sich neben Ursula und stellte den Rucksack auf die Sitze gegenüber. Nachdem der Zug abgefahren war, saßen sie noch lange still, um nicht durch unnötige Bewegungen Schweißausbrüche zu provozieren.

»Bin ich froh«, atmete Ursula auf. Das war das Erste, was sie seit langer Zeit sagte.

Christian sah sie an. Er wusste nicht, wovon Ursula sprach: »Warum?«

»Die Situation war außer Kontrolle, ich wusste nicht, was noch passieren würde.« Sie meinte also nicht die Hitze, sondern die Vorgänge im Schloss. Ursula schaute ihn an: »Und ich hatte Angst um dich.«

»Warum das?«, erwiderte Christian völlig verständnislos.

Ursula sagte nichts. Christian dachte zurück. Warum hätte sie Angst um ihn haben sollen? »Es war doch alles gut«, sagte er. Jetzt war es Ursula, die verständnislos schaute. »Ja«, sagte er, und sein Gesicht leuchtete, »denk doch an die Geheimcodes. An die Rechentricks, die mir Giorgio erklärt hat. Und weißt du noch, was uns Giovanni am ersten Tag über die Pythagoräer erzählt hat?«

»Ja, aber der Professor!«

»Der war doch cool!« Jetzt kam Christian richtig in Fahrt. »Der hat so gut erklärt, dass es eine Freude war, auch wenn ich nur wenig verstanden habe. Er erzählte von einer Welt, in der er sich gut auskennt, aber in der noch keiner von uns anderen war. So wie Marco Polo damals von China berichtet hat.«

Ursula schaute ihn an: »Das hast du sehr schön gesagt.«

Christian schüttelte den Kopf: »Das Theater am Ende war eigentlich völlig unnötig.«

Ursula blickte ihn ernst an: »Als reines Theater würde ich das nicht bezeichnen, das war leider echt.«

Aber Christian war mit seinen Gedanken schon weiter: »Und denk an die drei und an Franco und an Marisa.«

»Um die tut es mir wirklich leid«, sagte Ursula.

Da hatte sie recht. Das Ende der Sommerschule war dramatisch gewesen, und für einige war es schlimm ausgegangen.

Wieder schwiegen sie und schauten zum Fenster hinaus.

Ursula hatte noch etwas auf dem Herzen: »Außerdem geht es dir nicht gut!«

»Ich bin doch nicht krank!«, erwiderte Christian empört. Das war ihm einfach herausgerutscht. Aber er wusste, dass es richtig war.

Ursula war so erstaunt, dass sie gar nichts sagte. Christian verteidigte sich laut: »Ich war jeden Tag fit. Ich habe alles mitgemacht. Und die ganze Zeit überhaupt kein Kopfweh gehabt.« Und obwohl er wusste, dass das ein bisschen übertrieben war, merkte er, dass er recht hatte. Er war gesund.

Ursula kramte in ihrer Tasche, fand eine Packung Kekse und bot Christian einen an. Christian nahm sich gleich einen ganzen Packen, brummte ein »Danke« und mümmelte die Kekse, während er zum Fenster hinausschaute.

Dann sagte er, und wieder war ihm der Gedanke ganz unvermittelt gekommen: »Und Dreikommavierzehn habe ich auch. Den kann mir niemand nehmen.«

»Ich weiß noch, wie du zum ersten Mal von Dreikommavierzehn erzählt hast. Das war auf der Hinfahrt«, sagte Ursula, »kaum zu glauben, dass das noch nicht einmal zwei Wochen her ist. Ich habe dir am Anfang nicht geglaubt.« Sie schmunzelte.

Christian wusste, welchen Schatz er hatte: »Dreikommavierzehn kommt immer wieder zu mir. Und erklärt mir Mathematik.« Jetzt dachte er an die Zukunft: »Irgendwann wird er mir auch erklären, wie das mit den Primzahlen und dem Faktorisieren geht. Und«, er freute sich schon, »wie man Codes knacken kann.«

Christian wurde müde. Er zog seine Sandalen aus, stellte die Füße auf den Sitz und lehnte sich an Ursula.

»Freust du dich auf zu Hause?«, fragte sie.

Christian musste nachdenken. »Die Sommerschule war für mich ein Traum. Ein wunderschöner Traum. Nein, kein Traum«, korrigierte er sich, »in Träumen schaut man eigentlich immer zurück. Aber die Sommerschule war ein Anfang, der Anfang einer neuen Zeit für mich.« Er hatte Ursulas Frage nicht vergessen: »Ich habe Mama und Papa und meine Schwester nicht vermisst. Aber jetzt freue ich mich auf sie.«

»Was du denen alles erzählen kannst!«, bestätigte Ursula.

Eines musste er noch loswerden, bevor ihm die Augen zufielen: »Weißt du, dich finde ich echt gut. Während der Sommerschule ging es drunter und drüber. Oft blickte ich nicht mehr durch. Aber auf dich war immer Verlass.«

Er brauchte keine Antwort, sondern kuschelte sich an Ursula. »Es wäre toll, wenn wir irgendwann wieder etwas zusammen machen würden.« Er schloss die Augen, holte tief Luft und war im Nu eingeschlafen.

Ursula war sprachlos über diese Liebeserklärung.

Sie schaute Christian an und bemerkte, wie er ganz sanft lächelte. Was mochte er träumen?

Sie schaute von Christian weg und blickte nach vorne. Aber das Glücksgefühl blieb. Lächeln ist ansteckend. Sie wehrte sich nicht dagegen.

Wie ihr euch eine eigene Codierungsmaschine bauen könnt

Bei Christians erstem Mittagessen im Schloss erklären ihm Giorgio und Giovanni, wie die Cäsar-Maschine funktioniert. Später, auf seinem Zimmer, baut sich Christian seine eigene Codierungsscheibe.

Ihr könnt es ihm nachmachen. Wie die fertige Maschine aussehen soll, seht ihr auf der Zeichnung gegenüber. Alles, was ihr zum Basteln braucht, sind Karton, Schere, möglichst einen Zirkel, euer Geodreieck, einen Stift und einen runden Briefknopf, ersatzweise eine Flachkopfklammer, mit dem man dicke Briefe verschließt.

Aus dem Karton schneidet ihr zwei kreisrunde Scheiben aus, die sich der Größe nach voneinander unterscheiden. Der Radius der äußeren Scheibe sollte ungefähr zwei Zentimeter größer sein als der Durchmesser der inneren. Dazu malt ihr mit eurem Zirkel zwei Kreise auf den Karton. Oder ihr benutzt dazu zwei verschieden große Teller mit glattem Rand, etwa einen Frühstücksteller und eine Untertasse. Habt ihr, wie Christian, einen Pappteller zur Hand, könnt ihr auch den verwenden, nachdem ihr den hochstehenden, geriffelten Rand abgeschnitten habt. Wahrscheinlich besitzt ihr eine Schere und

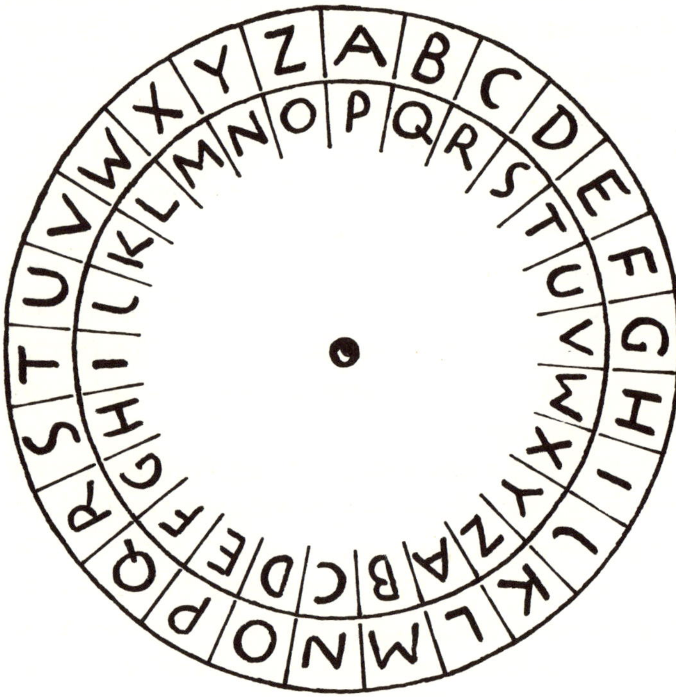

braucht zum Ausschneiden nicht auf ein Taschenmesser zurückzugreifen.

Wie bekommt ihr die Buchstaben gleichmäßig auf die Scheiben? Einen Kreis in vier oder sechs oder acht gleiche Teile einzuteilen, ist einfach. Aber bei 26 Buchstaben? Das bedeutet, den Kreis in genau 26 Abschnitte aufzuteilen. Und das ist ein bisschen knifflig.

In der Geschichte ist es Dreikommavierzehn mit seiner strahlenförmigen Nase, der Christian auf die entscheidende Idee bringt. Ein Kreis hat 360 Grad, und den müsst ihr durch 26 teilen, um 26 Felder für die Buchstaben zu bekommen. Christian rechnet es schnell im Kopf aus: »260 durch 26 sind 10. Bleiben 100 durch 26, na ja, das ist fast das Gleiche wie 100 durch 25, macht 4. Insgesamt gibt das 10 + 4 = 14 Grad.«

Der Rest ist einfach: Den Mittelpunkt der Scheiben findet ihr durch Probieren. Dann zeichnet ihr zuerst auf der kleineren, der inneren Scheibe eine Linie ein, die vom Mittelpunkt wegführt, und tragt daran mit eurem Geodreieck 14 Grad ab, dann noch mal 14 Grad und so weiter. Das geht ganz gut auf. Nun habt ihr die Einteilung. Diese übertragt ihr auf die äußere Scheibe und schreibt schließlich die Alphabete ringsum auf die beiden Scheiben. Zum Schluss legt ihr sie übereinander. Um die Cäsar-Maschine perfekt zu machen, müsst ihr noch die beiden Scheiben in der Mitte mit einem runden

Briefknopf verbinden. Dann lässt sich nämlich die innere Scheibe drehen.

Und wie funktioniert nun das Verschlüsseln? Dazu müsst ihr euch erst einmal ein Wort oder einen Satz ausdenken, den ihr chiffrieren wollt. In der Geschichte nimmt Christian den Namen seiner Tante. Dann stellt ihr die Scheibe ein, zum Beispiel so, dass der Buchstabe A auf der großen Scheibe gegenüber dem U auf der kleinen Scheibe zu stehen kommt. Daraufhin geht ihr Buchstabe für Buchstabe sorgfältig durch und notiert das Ergebnis: Aus URSULA wird so OLMOFU.

Und entschlüsseln? Das funktioniert genau umgekehrt, von innen nach außen. Wichtig ist, dass ihr dabei die gleiche Einstellung der Scheibe benutzt wie beim Verschlüsseln. Ansonsten ergibt sich irgend etwas, aber niemals der Klartext.